그라운드의 사령관

그라운드의 사령관 4

예성 현대 판타지 장편 소설

초판 1쇄 찍은 날 | 2016년 8월 12일
초판 1쇄 펴낸 날 | 2016년 8월 19일

지은이 | 예성
펴낸이 | 예경원

기획 | 위시북스
편집책임 | 박우진
편집 | 이즈플러스

펴낸곳 | 예원북스
등록번호 | 제396-2012-000132호
등록일자 | 2012. 7. 25
KFN | 제1-020호

주소 | 경기도 고양시 일산동구 호수로 646-24 위너스21 II 빌딩 206A호 (우)10401
전화 | 031-819-9431 팩스 | 031-817-9432
E-mail | yewonbooks@naver.com

ISBN 979-11-5845-487-6 04810
　　　979-11-5845-578-1 (set)

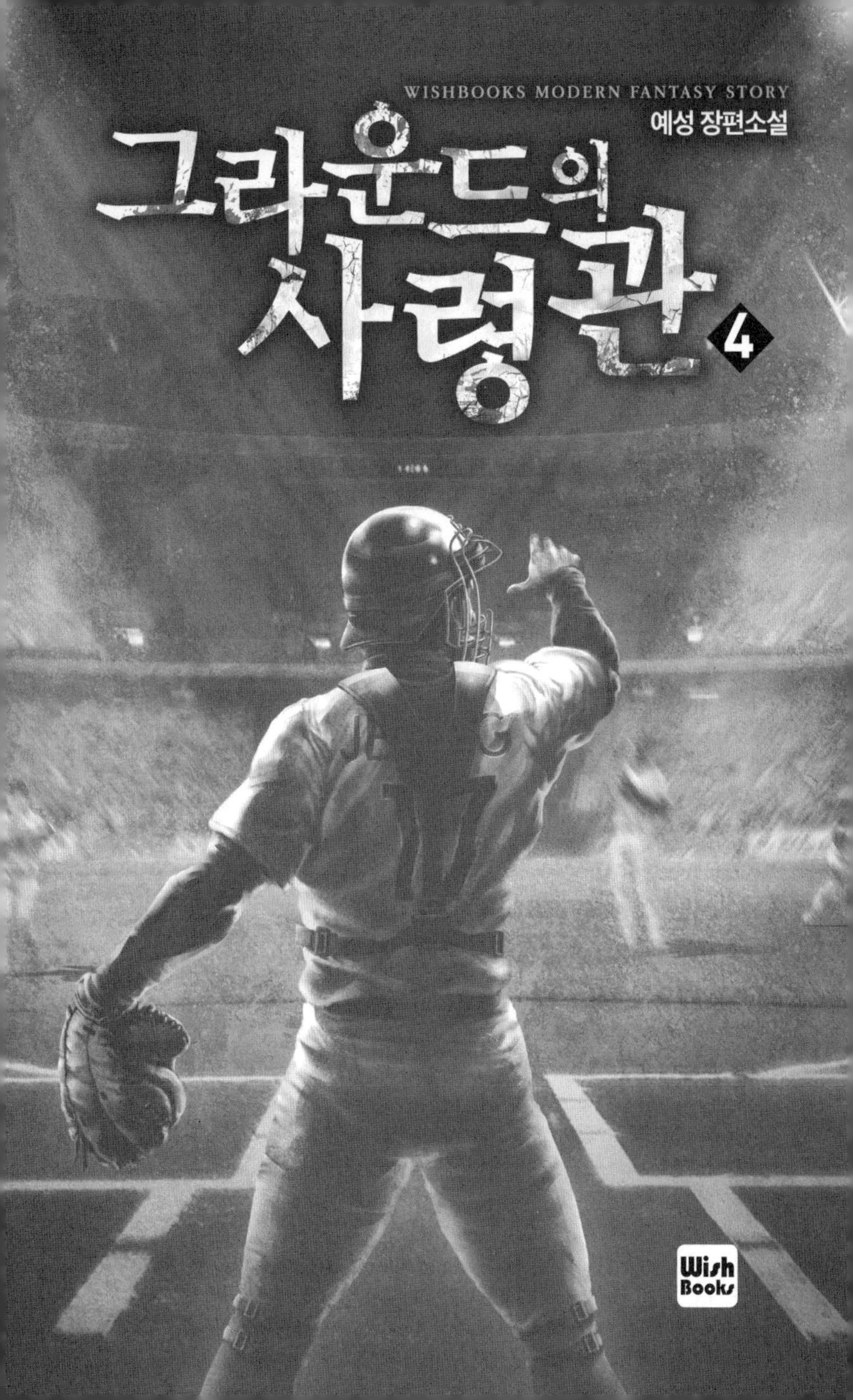
WISHBOOKS MODERN FANTASY STORY
예성 장편소설
그라운드의 사령관
4
Wish Books

CONTENTS

그라운드의 사령관

1장

새로운 시즌!

찬열은 저녁이 되면 피트니스 센터를 찾았다. 그의 곁에는 김태현도 함께였다.

"오늘도 못 올라갔네. 아~ 언제쯤이면 다시 마운드에 오를까?"

최근 태훈은 등판 기회를 얻지 못하고 있었다. 테스트를 해야 될 선수가 많았다. 한 번 기회를 잃으면 다시 기회를 얻기까지 시간이 걸릴 수밖에 없었다.

"제길! 지금 던지면 예전보다 더 침착하게 던질 수 있을 거 같은데! 기회가 없어!"

최근 훈련 강도를 높이면서 체력이 많이 좋아졌다. 그래서인지 자신감이 넘쳤다. 막상 마운드에 서면 어떻게 될지 모르지만 지금은 충분히 느낌이 좋았다. 그랬기에 조바심을 느끼는 것이다.

"곧 던질 수 있을 거야."

"저번에 죽 쒀서 어떻게 될지 모르겠다."

"코치님이나 감독님이 네가 이렇게 열심히 하는데 모른 척하시겠냐?"

"그런가?"

되묻는 태현을 보며 찬열이 피식 웃었다. 첫날 자신의 훈련에 제대로 따라오지 못해 퍼졌던 그를 생각하면 정말 장족의 발전이었다. 지금도 러닝머신에서 같은 속도로 달리면서도 편안하게 대화를 나누고 있으니 말이다.

'사실 나도 문제이기는 한데.'

최근 찬열은 고민이 많았다. 타격 메커니즘에 변화를 주면서 장타가 확연히 줄었다.

'테이크백을 조금 더 빼볼까?'

배트의 원심력을 크게 하기 위해 타격 전 배트를 뒤로 빼는 동작을 테이크백이라 한다.

찬열은 이 동작이 매우 간결한 편이었다. 굳이 하지 않아도 충분히 파워를 집중시킬 수 있었기 때문이다. 하지만 장타가 줄자 조금 더 파워를 실을 수 있는 테이크백에 유혹을 느꼈다.

"근데 요즘 들어서 테이크백을 크게 하지 않아도 구속이 떨어진 거 같지 않아."

"응? 무슨 말이야?"

삐빅─!

태현이 러닝머신을 중지시키고 벨트에서 내려왔다.

"예전에는 공을 더 강하게 던져야 된다고 생각해서 테이크백을 크게 했거든?"

테이크백은 타자만이 아니라 투수에게도 존재한다. 공을 던지기 전 팔을 뒤로 빼는 동작을 테이크백이라 하는데 이 역시 원심력을 얻기 위한 동작이었다.

"그런데 최근에는 이 테이크백을 조금 간결하게 가져갔어. 저번에 대우 형님이 주자로 나갔을 때 내 테이크백이 커서 달리기 편하다고 하셨거든."

아마 마지막 연습 경기를 이야기하는 듯했다.

"그래서 연습할 때 일부러 간결하게 공을 던졌거든? 처음에는 구속이 조금 떨어지나 싶더니 익숙해지니까 다시 원래대로 돌아오더라고."

"그건 말이지…….'

찬열이 말을 멈췄다. 머리에 번개를 맞은 것처럼 무언가 번뜩였다.

'테이크백은 웬만해서는 할 필요가 없어. 그런데 난 왜 그

걸 하려고 했지?'

"뭐야? 왜 말을 하다가 멈춰?"

옆에서 태현이 물었지만 이미 귀에 들리지 않았다.

'조니는 내게 타격 폼을 바꾸라고 하지 않았다. 교과서적이라고 했어. 그리고 인 앤 아웃에 신경을 쓴다고 했었지.'

"어~ 이."

'교과서적이라는 게 꼭 나쁜 말일까? 아니야, 그는 그게 나쁘다고 하지 않았어. 나만의 타격을 찾아내라고 했었다. 그리고……'

"정찬열!"

"어?"

태현이 큰 소리로 외치자 정신이 돌아왔다. 다소 짜증스런 표정이 일어나 있는 그를 본 찬열이 급하게 몸을 돌렸다.

"테이크백을 간결하게 해도 구속이 그대로라면 좋은 거야. 밸런스가 잡혔다는 거니까. 나 바빠서 간다!"

그 말을 끝낸 찬열이 곧장 센터를 나갔다. 낙동강 오리알 신세가 된 태현은 황당한 표정으로 멍하니 서 있었다.

* * *

방에 들어간 찬열이 곧장 배트를 들고 주차장으로 나왔다.

몇몇 선수가 배트를 돌리고 있는 모습이 보였다.

찬열은 사람이 비어 있는 곳으로 가서 자세를 잡았다.

'나만의 타격을 찾아라. 그 말을 난 오해했다. 내 타격을 바꿔야 된다고 생각했어. 메이저리그 선수들처럼 자연스러움을 추구해야 된다고 스스로 결론을 내렸다.'

부앙-!

배트가 돌아가자 공기가 찢어지는 듯한 소리가 울려 퍼졌다. 사람들의 시선이 집중됐다. 하지만 찬열은 그걸 눈치채지 못했다. 그만큼 집중하고 있었다.

'하지만 그게 아니야. 내게 편한 타격 폼은 지금 그대로다. 그렇다면 조니는 왜 그런 말을 했을까?'

조니가 했던 말을 다시 떠올렸다.

교과서적이라는 말.

무엇이 교과서적일까?

찬열이 두 번째 스윙을 가져갔다. 그런데 이번에는 테이크백 동작이 없었다.

부아앙-!

"오우."

이번에도 공기가 찢어지는 소리에 주변에 있던 선수들이 감탄을 터뜨렸다.

'테이크백은 야구를 처음 배우는 이들에게 모두 가르친다.

마치 교과서처럼.'

태현의 이야기에서 단서를 찾았다. 밸런스가 잘 잡혀 있고 타고난 힘이 있는 선수라면 테이크백은 불필요한 동작이다.

태현은 투수로서 타고난 선수다. 그렇지 않으면 고등학생 때 150㎞에 달하는 공을 마음대로 뿌려댈 수 없다. 그런데도 테이크백을 하고 있었다.

왜?

그렇게 가르치니까.

한국에서는 그것이 정석이었고 의문을 품지 않았다. 하지만 막상 야구의 본고장 미국에서는 테이크백을 하지 않는 선수도 있다. 불필요하기 때문이다. 타고난 힘이 워낙 좋기 때문에 테이크백이라는 동작 없이도 타자를 압도할 공을 던질 수 있다.

'나 역시 마찬가지다. 내게 필요한 건 힘이 아니야.'

부아앙-!

힘이 아니라면 굳이 테이크백을 할 필요가 없다. 하지만 조니의 조언은 여기까지가 아니다.

'또 한 가지, 인 앤 아웃을 신경 쓰느라 힙 로테이션과 팔로스로에서 시간이 지연된다. 그렇다면 신경이 쓰이지 않게 하면 된다.'

부아앙-!

'미치도록 휘두른다. 그리고 무의식적으로 나올 수 있게끔
해야 돼.'

찬열의 연습은 밤늦게까지 이어졌다.

* * *

이틀 뒤.

이동건 감독은 연습 경기에 들어가기 앞서 선수단을 집합
시켰다.

"오늘 연습 경기는 취소합니다."

선수단이 술렁였다.

이동건이 손을 들자 술렁임은 일순간 사라졌다.

"내일 방송국에서 우리 캠프를 취재하기로 했습니다."

방송국에서는 캠프의 현장을 찍어 방송에 내보낸다. 하지
만 그렇다고 해서 연습 경기를 취소할 이유는 없었다.

"그래서인지 구단에서 특별한 손님들을 초대했습니다. 다
이아몬드 백스 산하 더블A리그 팀인 모빌 베이 베어스와 연
습 경기를 치를 예정입니다."

"더블A?"

"실력이 얼마나 되지?"

"모빌 베이 베어스라고? 무슨 팀인지 알아?"

선수단이 다시 술렁였다. 한국에는 아직 더블A리그에 대한 정보가 많이 없었다. 방송으로 나오지도 않았고 그 리그에 속한 팀이 무엇인지도 알지 못했다. 그랬기에 미지의 팀이나 마찬가지였다.

"조용."

이동건의 말에 다시 선수단이 조용해졌다.

"일단 그렇게 알고 오늘은 훈련 강도를 낮춰 진행하도록 하겠습니다. 이상."

전달 사항을 끝낸 이동건이 미련 없이 몸을 돌렸다. 선수단이 본격적으로 술렁이기 시작했다. 놀라기는 찬열 역시 마찬가지다.

'모빌 베이 베어스라니……'

찬열은 그들에 대해 잘 알고 있었다. 이 시기 더블A에서 뛰고 있었기 때문이다. 대략적인 전력을 알고 있는 찬열의 입장에서는 꽤나 난처했다.

'이거 엉망으로 질 수도 있겠는데.'

얼굴이 급격히 어두워졌다.

훈련을 일찌감치 끝내고 선수들은 휴식에 들어갔다.

반면 코치진은 감독실에 모여 열띤 회의를 이어가고 있었다. 내일 경기에 있을 회의였다. 오후에 시작된 회의는 저녁 식사를 앞두고서야 대충 마무리가 됐다.

"그럼 내일 경기에서 2이닝씩 나눠 선수들을 교체하는 걸로 하겠습니다."

이동건이 내용을 정리하며 서류를 접었다.

"식사 시간이니 다들 일어나시죠."

"감독님은 안 가십니까?"

"서류만 정리하고 가도록 하겠습니다. 먼저들 일어나세요."

코치들이 하나둘 자리에서 일어나 밖으로 나갔다. 하지만 김무현은 여전히 자리에 앉아 있었다.

이동건이 의아한 얼굴로 그를 쳐다봤다.

"김 코치님, 하실 말씀이 남으신 건가요?"

"찬열이에 관해서입니다."

"말씀하세요."

"저번에 말씀드렸던 이야기를 할까 생각하고 있습니다."

"흠, 오늘 프리배팅에서도 성적이 썩 좋지 않았나 보군요."

"어제보다는 괜찮아졌습니다. 하지만 예전에 비한다면……."

이동건은 고심에 들어갔다. 만약 이전과 같은 상황이라면 허락했을 것이다. 하지만 상황이 변했다. 결심을 내린 이동건이 이야기를 꺼냈다.

"일단 내일까지만 참아주세요."

"그러다가 늦을 수도 있습니다."

"프리배팅과 실전은 다를 수 있습니다. 찬열이 실전에 강한 타입이기도 하고요. 내일 경기가 끝나고서도 찬열이 그 상태라면 제가 먼저 이야기를 하겠습니다."

"알겠습니다."

납득하지 못한 표정이지만 이번에도 물러섰다. 두 사람 모두 찬열을 아끼기에 가능한 대립이었다. 그것을 알기에 두 사람 모두 마음에 앙금을 두지 않았다.

약간의 불편한 이야기가 끝나고 김무현이 고개를 숙인 뒤 감독실을 나갔다. 홀로 남은 이동건이 의자에 몸을 기댔다.

* * *

다음 날.

아침 일찍 호텔 주차장에 한 대의 버스가 도착했다. 버스에서 내린 이들은 모빌 베이 베어스의 선수들이었다. 이른 시간이지만 잠에서 일어나 있던 와이번스 선수단은 창문을 통해 그들을 보고 있었다.

찬열도 김태현과 함께 창가에 서 있었다.

"어제 인터넷에서 찾아봤는데 저 녀석들 연고지가 앨라 머시기라드라."

"앨라배마 주."

"아, 그래. 거기. 너도 찾아봤나 보네?"

이미 알고 있었다고 대답하기도 그렇기에 찬열은 대답을 하지 않았다. 딱히 대답을 바란 건 아닌지 태현이 이야기를 이어갔다.

"거기서 여기까지 오래 걸리지 않냐? 그런데 당일 아침에 도착해서 연습 경기라니. 우리를 얕보는 건지 아니면 미국이 원래 그런 건지 모르겠다."

목소리에 가시가 있었다. 마음에 들지 않는 눈치였다.

"지금 시기에 모빌 베이 베어스의 대부분 선수는 네바다에서 지낸다."

"그게 무슨 소리야?"

"미국도 조만간 캠프에 들어가잖아. 거기에 참가해야 될 선수를 골라야 되니까 테스트를 진행해. 그게 트리플A 경기장이고. 백스의 트리플A팀인 리노 에이시즈의 홈구장이 네바다에 있어."

아무 대답이 없자 찬열이 고개를 돌려 태현을 바라봤다.

눈이 동그랗게 커져 있는 그를 보며 찬열이 물었다.

"표정이 왜 그래?"

"넌 그런 걸 어떻게 알았냐? 인터넷에 검색해 봐도 그런 정보는 없던데."

"흠흠, 난 구글로 찾아봤어."

"아~ 그렇구나. 나도 영어를 배워야 되나?"

대수롭지 않게 넘어가는 태현을 보며 찬열이 속으로 안도의 한숨을 내쉬었다.

잠시 후.

베어스의 선수들이 호텔 안으로 들어왔다.

"와~ 덩치들 봐라."

태현이 감탄을 터뜨렸다. 그만큼 베어스 선수들의 몸집은 위압감을 줄 만큼 컸다.

반면 찬열은 다른 시선으로 그들을 보고 있었다.

'익숙한 얼굴들이 보이네.'

메이저리그와 달리 마이너리그에서는 선수 간의 트레이드가 빈번히 일어난다. 그랬기에 다른 팀이면서도 안면이 있는 선수들이 있었다. 선수들을 하나하나 살피던 찬열은 문득 한 명에게 시선이 고정됐다.

'낯이 익는데…….'

분명 아는 얼굴이었다. 하지만 자세한 정보가 떠오르지 않았다.

'뭐, 곧 알게 되겠지.'

경기에 들어가게 되면 알게 될 것이다. 그렇게 생각하고 찬열은 몸을 돌렸다.

* * *

베어스 선수단은 호텔에 짐을 풀었다. 그러고는 곧장 훈련에 들어갔다. 훈련이라고는 해도 자유로운 분위기에서 이루어졌다. 옆 그라운드에서 훈련을 하는 와이번스와는 대조적인 모습이었다.

"한국은 군대처럼 연습을 하는군."

"저 나라는 아직도 전쟁 중이라서 그런 거 아닐까?"

"아~ 김일성이 있는 그 나라였었지?"

한국에 대한 베어스 선수들의 인식은 매우 낮았다. 아니, 미국의 일반 시민들이 가진 인식이 대부분 위험한 나라였다.

"그런 나라에서 야구를 한다니, 우습군."

"그래도 다저스의 미스터 박은 뛰어난 선수였잖아."

"그래 봐야 지금은 퇴물이야."

우스갯소리를 하며 훈련을 하는 베어스 선수단을 바라보는 와이번스 선수들 역시 의아하긴 매한가지였다.

"저게 훈련이야? 그냥 마실 나온 아저씨들 같잖아."

"우리를 우습게 보는 거 아닐까?"

미국의 훈련 방식을 모르는 선수들이 오해를 하기 시작했다.

"망할 새끼들! 아무리 미국이 야구의 본고장이라지만 우리를 우습게 보다니."

"오늘 아주 본때를 보여주겠어."

선수단의 분위기가 흉흉해졌다. 오해를 풀까도 생각했지만 찬열은 굳이 나서지 않았다.

'괜히 귀찮아질 수도 있으니까.'

게다가 이 정도의 분노는 오히려 경기력에 도움을 줄 수 있다. 그랬기에 찬열은 무시한 채 연습을 이어갔다.

* * *

11시가 되자 양 팀 선수단이 3그라운드에 모였다.

본격적인 경기가 시작되기에 앞서 방송국 카메라가 양 팀을 인터뷰했다. 와이번스는 투수 대표인 윤정길과 타자 대표인 정찬열이 카메라 앞에 섰다. 형식적인 인사말이 끝나고 질문이 이어졌다. 대부분 평범한 인터뷰였다.

"오늘 경기에서 선발로 나서기로 되어 있는데요. 몇 이닝이나 던질 예정이신가요?"

"더블A팀과는 첫 경기인데 어떤 심정이세요?"

같은 평범한 질문들 말이다. 그나마 윤주희와 마주하고 있으니 잠은 오지 않았다.

'이야…… 이렇게 생긴 여자도 있구나.'

찬열은 눈앞에 있는 윤주희를 보며 새삼 감탄을 터뜨렸다.

작년 혜성같이 등장한 여자 아나운서다. 청순한 외모와 착한 몸매, 게다가 해박한 야구 지식으로 야구 골수팬들의 지지도 강했다. 덕분에 현재는 인기 넘버원 아나운서로 각종 프로그램을 진행하고 있었다.

"정찬열 선수에게 질문을 드릴게요."

"아, 예."

"캠프 초기에는 페이스가 좋은 편이었는데 최근에는 성적이 조금 떨어졌던데요. 혹시 부상이 있으신 건가요?"

갑작스런 돌직구다.

속내는 당황스러웠지만 이내 진정하고 고개를 저었다.

"아닙니다. 최근 메커니즘에 변화를 주고 있어서 일시적으로 성적이 떨어진 것뿐입니다."

"정찬열 선수의 타격 메커니즘은 손볼 곳이 없지 않나요? 작년에 이미 40홈런을 때려냈는데요."

이번에도 날카로운 질문이다. 게다가 대답 직후에 나온 것이다. 지식이 없다면 나올 수 없는 내용이었다.

"2년 차가 되면서 다른 팀에서도 저에 대한 전력 분석이 있었을 것이라 판단됩니다. 그렇기 때문에 작년과 같은 상황이면 슬럼프를 겪을 수 있다 판단했습니다."

윤주희가 흥미로운 표정을 지었다. 이후에도 날카로운 질문들이 이어졌다. 진땀이 나올 지경이었다.

'왜 나한테만 이래?!'

윤정길에게 했던 것처럼 편한 질문을 기대했던 찬열이 소리 없는 비명을 질렀다.

"수고하셨습니다!"

인터뷰가 끝나고 윤주희가 환하게 웃었다. 진땀을 흘린 찬열이 자리에서 일어나 더그아웃으로 가는 길이었다.

"정찬열 선수!"

익숙한 목소리가 자신을 부르자 고개를 돌렸다. 윤주희였다.

"방금 전에는 죄송해요. 기분 상하셨죠?"

그녀가 살짝 고개를 숙였다. 진심 어린 사과에 순간 찬열이 당황했다.

"괜찮습니다. 질문이 날카로워서 조금 당황하긴 했지만 사과하실 일은 아닙니다."

"제가 정찬열 선수 팬이라서 인터넷에서 여러 정보를 찾아봤거든요. 그래서 질문에 사심이 조금 들어갔어요."

윤주희의 말에 찬열이 어리둥절한 표정을 지었다.

"제 팬이요?"

"어머, 제가 와이번스 골수팬인 거 모르셨어요?"

찬열의 시선이 옆에 있는 윤정길에게 향했다. 그는 고개를 끄덕이는 걸로 긍정의 의미를 나타냈다.

"몰랐네요."

"아버지가 레이더스 때부터 팬이셔서 자연스레 그렇게 됐어요. 참, 오늘 인터뷰 내용들 블로그에도 올릴 생각인데 괜찮으세요?"

"예, 괜찮습니다. 그런데 블로그도 하시나요?"

"네, 주소가……."

윤주희의 이름을 딴 주소였기에 외우는 건 쉬웠다.

"여기니까 한번 와서 댓글 남겨주세요."

생긋 웃은 그녀는 고개를 숙이고 돌아갔다. 자신에게 호감을 드러내는 아름다운 여성의 등장에 찬열의 입가에 미소가 그려졌다.

"마음 단단히 먹어라."

"예?"

갑작스런 윤정길의 말에 찬열이 되물었다. 그리고 몸을 돌렸을 때 그의 충고를 이해할 수 있었다. 자신을 바라보는 동료들의 눈빛이 매서웠다.

'하하…….'

윤주희를 노리는 선수가 많다는 걸 그제야 떠올린 그였다.

* * *

베이 베어스의 인터뷰까지 끝나자 갑자기 그라운드가 소

란스러워졌다. 방송국 관계자들로 보이는 사람들이 나와 방송 장비를 설치했다. 선수들이 어리둥절해 있자 이동건이 그들의 앞에 나섰다.

"오늘 경기를 방송에 내보내기로 결정했다."

"갑자기요?"

방송에 내보내기 위해서는 사전에 합의가 있어야 된다. 또한 중계를 하는 게 쉬운 일도 아니기 때문에 절차가 복잡했다. 하루아침에 결정될 문제가 아니었다.

"TV로 내보내는 게 아니라 인터넷 방송으로 내보낸단다. 정규 방송은 아니니 너무 긴장들 하지 말고."

말은 그렇게 했지만 방송이라는 말에 벌써부터 긴장하는 선수들이 보였다. 그도 그럴 것이 2군 선수들은 방송에 익숙하지 않았다.

긴장을 할 수밖에 없었다. 사실 이동건은 이 방송을 반대했었다. 하지만 구단 측에서 강력하게 밀어붙이는 바람에 받아들여야 했다.

'게다가 승리하라는 압박까지 주다니.'

마음에 들지 않았다. 연습 경기인 만큼 다양한 선수들을 기용하고 테스트할 계획이었다. 그런데 구단에서는 많은 시청자가 보기 때문에 반드시 이겨야 된다는 의견을 은연중에 피력했다.

덕분에 오늘 출전 선수를 대폭 수정할 수밖에 없었다.

"후우—!"

한숨이 절로 나왔다.

한바탕의 소동이 끝나고 경기가 시작됐다.

그라운드 가운데에 모이는 선수들을 보며 윤주희의 눈이 반짝였다.

"와이번스는 정예 멤버로 참가를 했네요."

"새벽이라고는 해도 야구에 목말랐던 사람들이 많이 볼 테니까 질 수는 없겠지. 게다가 상대는 더블A니까 구단의 입장에서는 이겨야 본전이라고 생각했을 테니까."

옆에 앉아 있던 해설위원 이순경의 설명에 윤주희가 고개를 한쪽으로 기울며 물었다.

"그럼 이 감독님의 의중이 아니라고 생각하시는 건가요?"

"이 감독의 스타일은 아니니까."

"에헤…… 그렇군요."

그러면서 그라운드로 시선을 옮겼다.

선공은 베이 베어스부터 시작됐다. 마운드에는 1선발 윤정길이 올라왔다. 각 포지션에도 와이번스의 선발들이 서 있었다.

그녀의 시선이 캐처 박스로 향했다. 거기에는 막 마스크를 쓰고 있는 박현우가 보였다.

"정찬열 선수가 선발이 아니네요? 타격 페이스가 떨어져서 제외시킨 걸까요?"

"그렇겠지."

이순경이 고개를 끄덕이는 사이 경기가 시작됐다.

이동건은 미국에서 연수를 받은 적이 있다. 그랬기에 마이너리그에 관한 정보를 다른 이들보다 많이 알고 있었다.

더블A의 경기도 직접 본 적이 있다. 그의 판단으로 더블A는 한국의 1.5군과 비슷했다. 선발 선수들이 출전하면 불 보듯 뻔한 승리가 예상이 됐다. 그래서 후보 선수들을 기용할 생각이었다. 그 계획이 엉망이 됐지만 경기를 이길 거란 생각에는 변함이 없었다. 하지만.

딱-!

"아~"

경쾌한 소리에 더그아웃에서 탄식이 터져 나왔다. 중견수 키를 넘기는 타구는 원바운드로 펜스에 부딪혔다.

그사이 2루에 있던 주자가 순식간에 홈으로 들어왔다.

1타점 2루타.

또다시 점수가 나고 말았다.

이동건이 무거운 얼굴로 전광판을 확인했다.

'이걸로 4점째.'

아직 원아웃도 올리지 못했다.

첫 번째 타자보다 매섭게 배트를 돌리더니 윤정길의 공을 모두 공략했다.

'정길이 녀석의 상태도 좋지 않다.'

주 무기인 싱커의 날카로움이 무뎠다. 한국에서는 싱커를 던지는 투수가 적어 이런 상황에서도 타자를 요리하기 쉽다.

하지만 미국에서는 싱커가 희귀한 구종이 아니다.

'게다가 현우도 스트라이크존에 적응을 하지 못하고 있다.'

미국과 한국의 존은 다르다. 몸 쪽이 넓은 한국과 달리 미국은 몸 쪽이 좁고 바깥쪽이 넓었다. 거기에 익숙해져 있는 배터리가 혼란을 겪었다. 덕분에 윤정길의 제구력이 더욱 흔들리는 결과를 낳았다.

딱—!

또다시 안타가 터졌다. 이걸로 6타자 연속 안타였다.

머리가 복잡해졌다. 더 이상 얻어맞으면 윤정길에게 안 좋은 기억을 주게 된다.

이동건이 투수 코치 백성원을 바라봤다. 예상했다는 듯 백성원이 타임을 걸고 마운드를 방문했다.

그의 손에는 구심에게 받은 공이 들려 있었다. 마운드에서 약간의 대화가 이어졌다.

윤정길이 마운드에서 내려오는 시간이 평소보다 길었다.

아마도 더 던지겠다는 의사를 어필한 것 같았다.

결국 윤정길은 마운드에서 내려왔다. 동료들의 격려를 뒤로하고 그는 곧장 더그아웃을 벗어났다.

자존심이 많이 상한 눈치였다. 하지만 이동건은 무시했다.

베테랑인 만큼 스스로 마음을 추스를 거란 기대였다.

다음으로 마운드에 오른 건 박상두였다.

변화구보다는 강속구 위주로 공을 던지는 만큼 타선을 잠재울 거라 생각했다. 하지만 베이 베어스의 전력은 그리 녹록치 않았다.

2점을 더 내준 뒤에야 겨우 공수교대가 이루어졌다.

1회에만 무려 6점을 내준 것이다.

경기의 흐름이 완전히 넘어갔다.

* * *

-더블A에 발리는 국대 투수라니.

-KBO 수준이 이렇지 ㅉㅉ

-이걸로 확실해졌다. 우리나라 야구는 아직 멀었다는 거.

생중계로 송출되는 방송이다.

당연히 사람들의 반응도 실시간으로 올라오고 있었다.

노트북으로 그것을 확인하는 윤주희의 눈살이 찡그러졌다.

"반응이 너무 안 좋은데요? 비판은 물론이거니와 원색적인 비난까지 나오기 시작했어요."

"그럴 만도 하지. 설마 윤정길이 이렇게까지 힘들어할 줄은 나도 몰랐으니까. 게다가 타격에서도 이렇다 할 해법이 나오지 않으니 답답할 만하겠지."

이순경의 설명에 윤주희가 고개를 끄덕이며 마운드를 바라봤다. 거기에는 아직 앳된 얼굴의 투수가 서 있었다.

'3이닝 퍼펙트…… 게다가 투구 수는 고작 31개라니.'

처음 등장했을 때부터 임팩트가 강렬했다.

95마일을 찍는 패스트볼.

마치 커브처럼 밑으로 뚝 떨어지는 슬라이더. 무엇보다 90마일에 이르는 고속 슬라이더에 와이번스 타자들은 맥을 추지 못했다.

"저 녀석이 누군지 아나?"

이순경이 물었다.

시험이라는 걸 직감했다.

윤주희는 미소를 지으며 바로 대답했다.

"빽스가 06년에 1번으로 뽑은……."

더그아웃에 있는 찬열의 눈가가 일그러졌다.

투수를 기억해 냈기 때문이다.

'딘 포에스터.'

2년 안에 백스의 에이스가 될 선수였다.

'제길! 저 자식이 왜 더블A에 있는 거지?'

시기상 트리플A에 있어야 했다.

'골치 아프게 됐군.'

포에스터는 미래의 사이영상 수상자다.

아무리 와이번스가 KBO 챔피언 팀이라고 해도 상대가 되지 않았다.

그때 김무현이 다가왔다.

"찬열아, 나갈 준비해라. 교체다."

"예."

오히려 잘됐다.

머리가 복잡할 때는 경기를 뛰는 게 더 편했다.

찬열이 장비를 착용하는 사이.

외야에 설치되어 있는 간이 관중석에 일단의 무리가 앉아 있었다. 그들 중 캐주얼한 복장의 백인 남자가 포에스터를 가리키며 유쾌하게 웃었다.

"이건 뭐, 프로와 하이 스쿨 야구팀의 경기를 보고 있는 거 같군요. 하하!"

"그렇습니다."

백인 남자의 뒤에 서 있던 남자가 맞장구를 쳤다. 하지만 옆에 앉아 있는 중년의 사내는 날카로운 시선을 거두지 않았다.

그 모습이 마음에 들지 않는 듯 백인 남자가 혀를 찼다.

"쯧, 아직도 마음에 들지 않으신 겁니까?"

"그거야 보스께서 이런 쓸데없는 매치를 잡은 이유를 설명해 주지 않았으니까요."

"이유는 간단합니다. 감독께서 딘을 메이저리그 캠프에 초대하지 않았기 때문이죠."

중년 사내, 아니, 백스의 새로운 감독이 된 데일이 고개를 돌려 백인 남자를 쳐다봤다.

"아무리 백스의 주인이라고는 하지만 캠프에 선수를 초대하는 건 GM과 제가 상의해야 될 일입니다."

백스의 주인. 즉, 이 백인 남자가 구단주란 소리다.

그는 조금 오버스럽게 어깨를 올리는 제스처를 취하며 뒤에 있는 중년 남자를 쳐다봤다.

"GM은 이미 승낙을 했지만 감독께서 반대를 한다고 들었습니다만?"

"네네, 맞습니다."

GM이라 불린 남자가 엉덩이를 핥을 기세로 굽신거렸다.

Kiss Ass라는 말이 딱 어울리는 모습이었다.

구단주가 만족스런 미소와 함께 말을 이었다.

"난 감독이 그를 캠프에 초대하지 않는 이유를 모르겠습니다. 그는 백스의 미래를 책임질 유망주예요. 그를 영입하기 위해 1지명권을 사용했어요. 언론에서는 하루라도 빨리 그를 메이저리그에 콜업시켜야 된다고 말합니다."

데일이 단호하게 반대 의사를 표명했다.

"구단주의 말씀처럼 딘은 백스의 미래, 아니, 메이저리그를 대표하는 투수가 될 겁니다. 거기에는 이견이 없어요."

"그럼 올리면……."

"그래서 경험이 필요해요. 바닥에서부터 차근차근 올라와야 됩니다."

구단주의 얼굴이 일그러졌다.

"당신의 그 야구관은 도무지 이해할 수 없군요."

"제 방식이 마음에 들지 않으면 절 해고하면 됩니다."

그럴 수 없었다.

데일은 백스를 꼴찌에서 살려낸 명감독이다.

팬들의 지지가 강력했기에 그를 해고하면 엄청난 비난이 뒤를 이을 것이다. 그걸 알기에 데일도 배짱을 부릴 수 있었다.

"그럼 나와 내기를 하죠."

"내기요?"

"딘이 오늘 경기에서 무실점으로 마운드를 내려온다면 그를 캠프 명단에 넣어주세요. 그 뒤에는 감독에게 맡기겠습니다. 단, 시범 경기 마운드에는 반드시 올려주세요."

구단주의 목적이 무엇인지 알았다.

시범 경기 마운드는 팬들이 볼 수 있는 공개된 장소다.

거기서 딘이 환상적인 투구를 한다면 여론이 움직일 것이다. 그렇게 되면 데일도 그의 기용을 미룰 수 없었다.

'그 짧은 시간에 저기까지 생각하다니.'

정말 머리가 잘 돌아갔다. 게다가 이걸 거부할 수 있는 명분이 없었다. 구단주가 저렇게까지 저자세로 나왔는데도 거부하면 무시를 하는 게 된다. 아무리 여론이 자신의 편이지만 칼자루는 구단주가 쥐고 있었다.

결국 데일은 고개를 끄덕일 수밖에 없었다.

"알겠습니다."

"나이스 초이스!"

기뻐하는 구단주를 뒤로하고 데일이 와이번스 선수단을 주시했다.

'일 점이라도 내다오. 한국 팀.'

그는 간절히 빌었다.

* * *

5회 초.

한국의 마운드가 다시 교체됐다.

이번에는 김태현이 올라왔다. 그리고 포수도 교체됐다.

"정찬열 선수가 올라오네요."

"동기 배터리로군. 이 감독이 승리를 포기하고 아무래도 경험을 선택한 거 같아."

윤주희의 시선이 노트북으로 향했다.

-이 상황에서 김태현이라니.

-결국 백기를 드네.

-GG 한국 야구는 더블A에도 미치지 못하는 실력이었어.

-그래도 찬열이가 나오면 공격이 물꼬를…….

-야구는 9명이 하는 거임.

부정적인 반응이 대부분이었다.

이순경의 이야기대로 경기를 포기했다는 글도 심심치 않게 보였다.

윤주희의 시선이 그라운드로 향했다. 정확히는 마스크를 쓰고 있는 찬열를 주시했다.

'뭔가 좀 해봐요!'

이대로 지는 건 너무 비참했다.

마스크를 쓴 찬열이 캐처 박스에 앉았다.

'스코어가 6 대 0이라…….'

안타는커녕 1루까지 나간 선수가 없었다.

12명의 타자를 상대하면서 삼진을 10개나 잡아냈으니 실력 차이는 명백했다.

'그나마 다행인 건 이후의 실점이 없다는 건가?'

1회 대량 실점 이후에는 투수전이 이어졌다.

정확히 말하면 베이 베어스 선수들이 타격에 의욕을 보이지 않았단 점이다.

'녀석들의 입장에서는 돈 되는 일도 아니니 당연하지.'

게다가 미국에서 6점의 리드는 매우 큰 점수였다.

'투수도 딘 포에스터이고…….'

"후우─!"

깊게 한숨을 내쉰 찬열이 머리를 깔끔하게 정리했다.

'일단 수비부터다. 첫 타자를 잘 잡아야 돼.'

찬열의 손가락이 빠르게 움직였다.

'바깥쪽 낮은 코스, 패스트볼.'

'알았어.'

고개를 끄덕인 김태현이 호흡을 고르고 와인드업을 했다.

'하체를 단단하게.'

탁─!

마운드 위에 박힌 왼발이 강한 지지대가 되었다. 동시에 힙 턴이 되면서 회전력을 이용해 오른팔을 뻗었다.

'더! 더! 더!'

평소보다 릴리스 포인트를 앞으로 가져오기 위해 한참 동안 공을 쥐고 있었다. 덕분에 가슴의 근육이 비명을 질렀다.

'여기!'

평소보다 훨씬 앞까지 포인트를 가져온 김태현이 있는 힘껏 팔로스로를 했다.

촤아악—!

팔이 채찍처럼 돌아갔다.

손가락의 끝이 실밥을 제대로 긁으면서 공에 회전을 더했다. 그의 손을 떠난 공이 8기통 엔진을 단 스포츠카처럼 매섭게 날아갔다.

쐐애애애액—!

뻐엉—!

"스트라이크!"

공은 한 치의 오차도 없이 찬열의 미트에 박혔다.

손이 찌릿했다.

충격은 손목까지 전해졌다.

'이 자식……'

평소의 공이 아니다.

월등히 상승된 공이었다.

힐끔 고개를 들어 타자를 바라봤다.

애써 침착한 모습을 유지하고 있지만 꽤 놀란 모습이었다.

찬열은 고개를 들어 전광판을 확인했다.

'95마일이라……'

153㎞다.

그것도 초구에 말이다.

'이 새끼도 괴물이었네.'

예전부터 스피드를 가진 괴물이었다. 하지만 이제는 제구까지 갖춘 괴물이 태어난 것이다.

* * *

뻥—!

"스트라이크! 아웃!"

세 명의 타자를 모두 삼진으로 처리했다.

투구 수는 고작 10개.

완벽하게 1이닝을 틀어막았다.

"마치 딘 포에스터의 1회를 보는 것 같네요. 김태현이 원래 저런 선수였나요?"

"작년 2군에서 뛰었을 때보다는 확실히 좋아졌군. 제구력이 날카로워, 그러면서 구속은 떨어지지 않았고 말이야."

제구가 좋으면 구속이 낮아진다. 반면 구속이 높아지면 제구가 흔들린다.

만고불변의 법칙이었다. 그런데 간혹 이 법칙을 깨는 이들이 나타난다. 사람들을 그들을 괴물이라 불렀다.

'06년에 들어온 녀석들 중 괴물은 한승현, 류성일, 그리고 정찬열 정도라 생각했는데. 한 놈이 더 있었군.'

아마 오늘 경기 이후로 김태현에 대한 세간의 평가가 바뀔 것이다.

'문제는 타격인데.'

이순경의 시선이 타석에 들어서는 정찬열에게로 향했다.

"재밌게 됐네요. 메이저리그 전체 1번으로 뽑힌 투수와 KBO 전체 1번으로 뽑힌 타자의 대결이네요."

"그렇군."

이순경이 작게 고개를 끄덕였다.

타석에 들어서기 전, 찬열은 가볍게 배트를 돌렸다.

부웅―!

부웅―!

'상대가 괴물이라고 해도 난 내가 해야 될 걸 하자.'

그동안 찬열은 노력했다.

새로운 타격 메커니즘을 자신의 것으로 만들기 위해 말이다.

타격이란 매우 섬세했다. 그래서 약간의 변화에도 성적이 뚝뚝 떨어졌다. 여기서 포기하면 타자는 발전하지 못한다. 그걸 알기에 찬열은 인내하고 잘못된 점을 보완해 나갔다.

그 결과 어느 정도 감을 잡았다. 그걸 시험해 볼 생각이었다.

펑-!

"스트라이크!"

딱-!

"파울!"

첫 번째 공은 그냥 흘려보냈다.

포심 패스트볼이었는데 원하는 코스가 아니었다.

두 번째 공은 고속 슬라이더였다. 노린 공이었지만 이번에는 배트가 밀렸다.

'허리의 회전이 느렸다. 조금 더 근육을 사용해야 돼.'

생각을 정리한 찬열이 다시 타석에 섰다.

"순식간에 볼카운트가 몰렸네요."

"흠, 여전히 타격이 불안정해. 예전의 타격 메커니즘이 아니야. 테이크백도 거의 없고 말이지."

윤주희가 인터넷 반응을 살폈다.

-KBO에서 40홈런 친 타자도 더블A 투수에게 밀리나요?

-정찬열 개실망이다.

역시나 부정적 반응이다.

화가 날 지경이었다. 그러는 사이 찬열이 다시 타석에 들어섰다.

'한 방 쳐 줘요!'

윤주희가 간절히 바랐다. 그걸 아는지 모르는지 찬열은 준비자세에 들어갔다. 사인을 교환한 딘 포에스터가 투수판을 밟았다.

'너도 이걸로 굿바이다.'

와인드업과 함께 그의 손을 떠난 공이 매섭게 날아갔다.

구종은 그의 주 무기인 고속 슬라이더.

90마일을 넘나드는 빠른 슬라이더에 꺾이는 각도도 컸다.

삼진이 될 것을 의심치 않았다.

그때 찬열이 스트라이드를 하고 뒤를 이어 힙 턴을 했다.

'더 빨리!'

찬열은 파워하우스에 정신을 집중했다.

그는 비시즌 기간에 정은지와 함께 파워하우스 단련에도 심혈을 기울였다. 그래서인지 복근과 둔근이 크게 발달했다. 그리고 그 진가가 지금 발휘됐다.

후웅—!

질주하던 스포츠카에 가속력이 붙은 듯 힙 턴이 빠르게 이루어졌다. 그러면서도 상체는 아직 돌아가지 않았다.

힙 턴이 80퍼센트까지 이루어졌을 때 찬열은 상체 근육을 회전시켰다. 동시에 그의 배트가 짧은 궤적을 그렸다. 완벽한 인 앤 아웃의 스윙이 만들어지고 곧 린치로 이어졌다.

딱─!

경쾌한 소리가 나는 순간, 찬열은 양손에 힘을 주어 끝까지 공을 밀어냈다.

후웅─!

완벽한 팔로스로였다.

'제대로 맞지 않았다!'

하지만 찬열은 실망했다. 배트에서 전달된 느낌은 스위트 스폿에 적중한 게 아니었다.

그보다 끝에 맞았다. 이런 임팩트라면 공은 멀리 나가지 못한다. 배트를 바닥에 놓은 찬열은 1루로 뛰어가며 타구를 확인했다.

"어?"

그때 찬열은 자신의 눈을 의심했다. 우익수가 제자리에서 담장 밖으로 넘어가는 타구를 보고 있었기 때문이다.

그는 다시 1루심을 확인했다. 손을 높게 들고 큰 원을 그리고 있었다. 그 앞에서 주루 코치가 1루 선상에 서서 손을 내밀고 있었다.

"나이스 홈런이다!"

짝-!

얼떨결에 손바닥을 부딪친 찬열이 빠르게 다이아몬드를
돌았다. 놀란 건 그만이 아니다. 베이 베어스 선수단은 물론
이거니와 코치진도 입을 다물지 못했다.

또한 외야에서 경기를 관람하던 백스의 구단주 역시 놀라
기는 매한가지였다.

"아무래도 내기는 제가 이긴 거 같군요."

"이익!"

장난기 어린 데일의 말에 구단주는 얼굴이 빨갛게 달아올
랐다. 당장에라도 터질 것 같던 구단주는 화를 삭인 채 자리
를 박차고 일어났다. 그러거나 말거나 데일은 그라운드를 도
는 찬열을 쳐다봤다.

'방금 전 스윙은 완벽했다. 간결하면서도 파워를 완벽하게
실었어. 몸의 근육 하나하나를 모두 사용할 줄 아는 선수가
동양에 있을 줄이야…….'

진정으로 감탄했다.

그 역시 타자 출신이었다. 방금 전과 같은 스윙은 우연으
로 만들어낼 수 없는 것이었다.

'몸에 익숙해진 느낌은 아니었다. 만약 저 스윙을 온전히
자신의 것으로 만든다면…….'

데일은 자리에서 일어났다.

'저 선수를 빅 리그에서 볼 수 있겠지.'

그는 시선을 옮겨 마운드를 바라봤다. 거기에는 공을 투수 코치에게 넘기는 딘 포에스터에게로 향했다.

'실점을 하면 마운드에서 내려오게 되어 있었나 보군. 딘, 오늘 일을 거름 삼아 더 큰 선수로 성장하길 바란다.'

애정이 가득한 시선을 딘에게 준 데일은 몸을 돌렸다.

더 이상 이곳에 있을 이유가 없었다.

* * *

어두운 밤.

윤주희는 노트북 앞에 앉아 있었다. 그녀는 손을 뻗어 자신의 블로그에 올릴 글을 작성하기 시작했다.

베이 베어스와 와이번스의 경기는 예상과 다르게 전개됐다. 더블A 챔피언인 베이 베어스는 강했다. 특히 선발투수이자 백스의 미래라 불리는 딘 포에스터의 투구는 환상적이었다. ……〈중략〉…… 패배가 짙은 상황에서 그를 무너뜨린 건 와이번스의 4번 타자 정찬열 선수였다. 교체 출전한 그는 2스트라이크에 몰린 상황에서 딘 포에스터의 주 무기인 고속 슬라이더를 통타, 그대로 담장을 넘겨 버렸다. ……〈후략〉…… 정찬열 선수는 2홈런을 몰아치며 5

타점을 쓸어 담았다. 그의 홈런 이후 기세가 상승한 와이번스는 베이 베어스에게 7 대 6 승리를 거뒀다. 국내에서는 이 스코어에 여전히 논란이 있는 것 같다. 확실한 건 베이 베어스는 강했다는 거다. 그들을 상대로 힘겨운 승리를 챙겼다고 해서 부끄러워할 일은 아니다.

윤주희는 마지막으로 글을 마무리하며 사진을 업로드했다.

찬열이 첫 번째 타석에서 스윙을 하는 모습을 찍은 사진이었다.

* * *

와이번스 선수단이 모든 일정을 마무리하고 귀국했다.

구장에 도착했다가 해산한 선수들은 모두 가정으로 돌아갔다. 찬열 역시 집에 가서 짐을 풀고 곧장 부모님 집으로 향했다.

"어머니! 아버지! 저 왔어요!"

"아이고~ 우리 아들, 고생이 많았어!"

"음, 왔냐?"

상반된 두 사람의 반응에 찬열이 웃으며 집에 들어갔다. 어머니는 음식을 준비한다면서 주방으로 들어가고 거실에 아버지와 둘이 앉았다.

"시범 경기까지 시간이 남는데 뭘 할 생각이냐?"

"뭘 하기에도 애매해서 일단은 훈련에 집중할 생각이에요."

"그래. 참, 고모한테 연락 왔었다."

"고모가요?"

"현성이가 야구부에 잘 적응하고 있다는구나. 요즘에는 야구부 친구들하고 잘 지내서 집에도 놀러 다니고 한다면서 좋아하더라. 다 네 덕분이라면서 고맙다는 말 좀 꼭 전해 주란다."

"하하."

찬열이 어색하게 웃었다. 그런 아들을 바라보며 정기홍은 흐뭇한 미소를 지었다. 얼마 전까지만 해도 야구밖에 모르던 아들이 주변을 살피는 모습이 대견스러웠다.

"여보~ 상 좀 펴요!"

"제가 할게요."

"아니다. 피곤할 텐데 앉아 있어라."

찬열을 억지로 앉힌 정기홍이 주방으로 들어갔다.

그 모습을 보며 찬열의 미소가 짙어졌다.

"저도 도와드릴게요!"

찬열은 아버지의 뒤를 따라 주방으로 들어갔다.

그날 밤.

집에서는 웃음소리가 끊이지 않았다.

* * *

시범 경기 일정이 나왔다.

앞으로 5일 뒤였다.

짧은 공백이었지만 찬열은 그 시간을 허투루 쓰고 싶지 않았다. 그래서 매일같이 피트니스 센터에 나갔다.

"훅-! 훅-! 훅-!"

"빠르게 하는 것도 좋지만 동작 하나하나에 집중해! 근육이 어떻게 움직이는지 느끼면서 움직여!"

"예!"

격렬하게 움직이면서도 한영호의 조언을 놓치지 않으려 애썼다. 이번에 타격 메커니즘을 바꾸면서 이 훈련의 진가를 알게 되었다.

한영호에 대한 신뢰가 커진 건 당연했다.

그만이 아니었다.

"자~ 천천히. 조금씩 다리를 벌리는 거예요. 무리할 필요 없어요."

부드러운 목소리로 자신을 리드하는 정은지에 대한 신뢰도 커졌다.

한영호와 정은지.

두 사람의 지도 아래 찬열은 5일의 하드 트레이닝을 무사히 끝낼 수 있었다.

* * *

긴 동면에서 깨어나는 동식물처럼 문학구장에도 오랜만에 활기가 돌았다. 오늘도 현장 지원을 나온 이혜성은 바쁘게 움직이며 관중들의 입장을 도왔다.

'어휴-! 시범 경기인데 만석이라니!'

경기 시작까지 1시간이나 남았지만 경기장은 이미 만석이었다. 예상보다 많은 관중의 방문에 구단에서는 급하게 외야 관중석도 열어야 했다.

[이 대리님! 매점에 맥주 다 떨어졌어요!]

[치킨도 떨어졌답니다!]

"바쁘다! 바빠!"

이혜성은 바쁘게 그라운드를 뛰어다녔다.

본격적으로 야구 시즌이 돌아왔다는 걸 몸으로 느끼는 그였다.

* * *

[전국의 야구팬 여러분 안녕하십니까? 드디어 야구의 시즌이 돌아왔습니다! 인천 문학구장에 인사드리는 전 캐스터 성민호입니다. 옆에는 해설위원이신 이순경 위원님 나오셨습니다.]

[안녕하십니까.]

캐스터의 멘트와 함께 중계가 시작됐다.

정기홍과 김미숙은 TV 앞에 앉아 아들이 나오기를 기다렸다.

"우리 아들 선발로 나오겠죠?"

"찬열이가 아니면 누가 나오겠어?"

괜한 걱정을 하는 사이 TV 화면이 바뀌면서 선발 명단이 나왔다.

[4번 포수 정찬열, 5번…….]

"아이고~ 왜 사진을 저런 걸 썼대. 잘 나온 사진도 많은데……."

아쉬워하는 김미숙을 보며 정기홍이 미소를 지었다.

[타이거즈의 1번 타자 이규영 선수, 타석에 들어섭니다.]

경기가 시작됐다.

마운드에는 윤정길이 올라와 있었다. 베이 베어스와의 경기에서 부진하긴 했지만 이후의 경기에는 페이스를 찾은 윤정길이었다.

에이스라는 이름에 걸맞게 그는 3명의 타자를 가볍게 처리하고 마운드에서 내려왔다.

[윤정길 선수, 오늘 컨디션이 매우 좋아 보이네요.]

[그렇습니다. 싱킹 패스트볼이 꺾이는 게 매우 날카롭습니다. 구속은 아직 부족한 면이 있습니다만 정규시즌까지는 베스트의 몸 상태를 만들 것으로 보입니다.]

[자, 이제 와이번스의 공격을 막기 위한 타이거즈의 수비 위치 보시겠습니다.]

벤치에 앉은 찬열이 마스크를 벗으며 마운드를 바라봤다.

'한승현.'

오랜만에 보는 얼굴이었다.

다소 살이 빠져 날렵한 턱 선이 인상적이었다. 잠자는 듯한 눈은 여전했지만 확실한 건 그가 1년 만에 마운드에 섰다는 것이다.

'부상이 완치가 됐다는 이야긴 들었는데…….'

설마 시범 경기 첫 투수로 마운드에 오를 줄은 몰랐다.

감회가 새로웠다.

원래라면 작년부터 마운드에 올라 부상이 악화되어 은퇴 수순을 밟아야 될 선수였다. 그런데 자신의 조언 하나로 부상을 치료했다.

역사 속으로 사라져야 될 선수가 다시 빛을 내고 있었다.

'문제는 얼마만큼 회복을 했냐는 건데.'

한승현이 받은 수술은 토미존 서저리이다.

투수는 빠른 공을 던진다. 그렇기에 데미지가 몸에 쌓일 수밖에 없다.

이 데미지가 쌓여 인대가 손상되는 투수들이 있었다.

그런 투수들은 데드암이라 하여 공의 구속이 저하되고 투구를 할 때마다 엄청난 통증을 느낀다. 즉, 투구를 할 수 없는 팔이 되어버리는 것이다. 그래서 손상된 인대를 다른 근육의 힘줄로 바꾸는 수술을 받는다.

이게 바로 토미존 서저리이다.

문제는 이 수술을 받는다고 해서 백 퍼센트 예전의 기량을 회복하는 건 아니었다. 최악의 경우에는 재기를 못하는 케이스도 있었다.

'토미존 수술이 성공했다 해도 재활에 실패했다면 예전의 강력한 모습은 나오지 않는다.'

캠프에서도 실전 투구를 하지 않은 한승현이다. 즉, 복귀전 쇼케이스가 오늘 경기라는 의미였다.

찬열은 다소 긴장된 얼굴로 한승현의 초구를 지켜봤다.

사인을 교환한 한승현이 와인드업을 했다. 예전과 달라질 것 없는 투구 폼과 함께 있는 힘껏 팔을 휘둘렀다.

쐐애애애액-!

뻥-!

"스, 스트라이크!"

심상치 않은 소리가 나왔다.

찬열의 시선이 곧장 전광판으로 향했다.

'저 자식……'

[대단합니다! 초구에 153㎞의 구속이 전광판에 찍혔습니다!]

[완벽하게 재활에 성공한 것으로 보입니다. 구속도 구속이지만 무엇보다 구위가 묵직했어요. 1년의 공백을 무색케 하는 초구였습니다.]

괴물 한승현의 복귀였다.

복귀전은 화려했다. 7이닝 무실점 2피안타 무사사구 10탈삼진.

한승현의 호투를 등에 업은 타이거즈는 1점을 끝까지 지키며 승리를 가져갔다.

와이번스도 분투했지만 점수를 내지 못했다. 그나마 위안인 건 찬열이 멀티히트를 기록했다는 점이다.

"수고하셨습니다!"

"어~ 들어가라."

"수고했다."

라커룸에 선배들을 뒤로하고 찬열이 나섰다.

다행히 와이번스 선수단의 분위기는 나쁘지 않았다. 엉망으로 지긴 했지만 정규경기가 아니다.

충격을 받을 이유가 없었다. 막 경기장을 나선 찬열의 걸음이 멈췄다.

"여, 이제 나오냐?"

"한승현, 아직 안 갔나?"

계단 난간에 기대어 있던 한승현이 몸을 일으켰다. 예상치 못한 손님의 등장에 찬열은 놀랐다.

"다음 경기가 잠실이라서 대부분 따로 이동한다. 잠깐 이야기나 할까?"

"그러지."

한승현이 앞장섰다.

두 사람이 도착한 곳은 주차장이었다.

"차도 있냐?"

"아버지가 타시던 거다. 구단 버스로 움직이는 거에도 한계가 있으니까."

고개를 끄덕인 찬열이 그의 차에 올랐다. 두 사람이 향한 곳은 구장에서 조금 떨어진 곳에 위치한 카페였다. 조용한 분위기에 차를 멈추고 안으로 들어갔다.

예상대로 손님이 적었다. 창가 쪽에 앉고 음료수를 시켰다. 약간의 정적이 흐른 뒤 먼저 입을 연 건 찬열이었다.

"부상은 완치된 거 같던데."

"응, 담당 선생님도 예전보다 몸 상태가 좋아졌다고 하시더라. 이번 수술로 인해서 부작용이 나올 일은 없을 거래."

"다행이네."

다시 정적이 흘렀다. 그사이 직원이 음료수를 가져와 테이블에 세팅을 했다.

프랜차이즈 카페가 아니었기에 이런 서비스도 있었다.

다시 카운터로 향하는 직원의 눈빛이 심상치 않았다.

두 사람을 알아본 눈치였다. 그도 그럴 것이 낮에 전국으로 중계되는 경기에서 맞붙은 두 사람이다.

게다가 이곳은 와이번스의 연고지인 인천.

알아본다 해서 이상할 건 없었다.

"찬열아."

"응?"

한승현이 진지한 표정으로 입을 열었다.

"고맙다."

"뭐가?"

뜬금없는 소리에 찬열이 되물었다.

"수술을 받고 재활을 하면서 시간이 참 많더라. 그래서 이 것저것 생각을 했다. 문득 네가 그 말을 해주지 않았다면 어 떻게 됐을까."

주스를 들어 목을 축인 뒤 다시 이야기를 꺼냈다.

"의사쌤이 그러더라. 이대로 공을 계속 던졌으면 길어야 3 년이었다고."

"저번에 이야기했다."

"그랬나? 어쨌든 그 뒤로 곰곰이 생각했어. 내가 야구를 하 지 못했으면 어떻게 됐을까? 과연 제대로 살 수 있었을까?"

자조적인 표정을 지으며 고개를 저었다.

"그럴 리가 없겠지. 다른 애들도 마찬가지지만 나 역시 야 구에만 미쳐 살았으니까. 아마 썩은 동아줄을 잡고 버텼을 거다."

녀석이 고개를 들었다.

"그런데 네가 내 동아줄을 바꿔 준 거다. 아주 튼튼한 놈 으로 말이야. 정말 고맙다!"

고개를 숙였다.

투수라는 포지션을 가진 녀석이 말이다.

찬열은 가만히 눈을 감고 생각했다.

'과거를 바꿨다고 걱정을 했다. 하지만 이렇게 바뀌는 거

라면 괜찮지 않을까?'

한승현은 역사 속으로 사라진 투수다. 하늘이 내린 재능이 있지만 인재(人災)로 인해 꽃피우지 못했다.

'두 번째 기회를 받는 게 굳이 나 혼자여야만 되는 건 아니잖아? 깊게 생각하지 말자.'

다시 한 번 다짐하며 찬열이 입을 열었다.

"오버하지 마라. 난 그냥 의견을 말했던 것뿐이다. 그걸 받아들인 건 네 선택이야. 그러니 내게 고마워할 필요 없어. 정 고마우면 나중에 고기나 사든가. 물론 한우로!"

"물론이지."

두 사람이 서로를 보며 씩 웃었다.

이걸로 된 거다.

* * *

와이번스의 시범 경기 일정이 모두 마무리됐다.

6전 4승 2패라는 준수한 성적을 거두면서 정규시즌에 대한 기대를 높였다.

특히 찬열의 활약은 대단했다. 4홈런을 포함, 17타수 10안타를 때려냈다. 2년 차 징크스라는 말이 공공연하게 나돌고 있을 때 보여준 뛰어난 활약이었다. 팬들은 이 대형 신인의

2년 차 시즌에 대해 기대했다.

한편, 찬열은 집에서 여유로운 휴식을 보내고 있었다.

훈련만큼이나 휴식도 중요하다. 과한 훈련은 결국 부상으로 이어지기 때문이다.

찬열은 스스로의 한계를 잘 알았고 또한 전문가들에게도 조언을 구했다. 그랬기에 언제 휴식을 해야 될지 잘 알고 있었다. 그렇다고 해서 무작정 쉬는 건 아니었다. 이번에 장만한 라운지체어에 앉아 서류를 읽고 있었다.

"이 선수는 몸 쪽이 약했는데, 시범 경기에는 오히려 몸 쪽을 잘 때렸네. 약점을 극복한 건가?"

"이 선수는 변화구에 여전히 약하고…… 이쪽은 변화구에는 강해졌는데 150㎞가 넘는 속구에는 약한 모습이네."

찬열이 보고 있는 서류는 와이번스의 전력 분석원들이 분석한 시범 경기 자료였다.

겨울 동안 발전한 건 찬열만이 아니다. 다른 선수들 역시 약점과 단점을 보완시켜서 나온다. 때로는 완전히 다른 선수가 되는 경우도 있어 미리 예습을 할 필요가 있었다.

[널 사랑하는~]

그때 핸드폰의 컬러링이 들려왔다.

발신자를 확인한 찬열은 곧장 전화를 받았다.

"예, 김 대표님."

[정 선수, 뭐 하십니까?]

"쉬고 있었습니다. 무슨 일이 있으신가요?"

[점심인데 별다른 일 없으시면 같이 밥이나 먹도록 하죠.]

"네, 알겠습니다. 어디로 갈까요?"

[제가 모시러 가겠습니다. 주변이니 10분쯤 걸릴 겁니다.]

"알겠습니다."

전화를 끊은 찬열이 고개를 한쪽으로 기울였다.

"무슨 일이라도 있는 건가?"

평소 전화로 업무를 확인했기에 조금 긴장이 됐다.

겉옷을 걸친 그는 곧장 단지 밖으로 걸어 나갔다. 도로에서 있자 잠시 뒤, 고급 승용차가 그의 앞에 멈춰 섰다. 창문이 내려가고 운전석의 김영재가 보였다.

"타시죠."

딸칵-!

조수석에 앉고 다시 문을 닫자 김영재가 부드럽게 차를 출발시켰다. 그사이 찬열은 안전벨트를 착용하면서 물었다.

"이렇게 직접 찾아오시고 무슨 일이 있으신가요?"

"하하! 아닙니다. 시즌에 들어가시면 아무래도 얼굴 뵐 시간이 없을 거 같아서 그 전에 식사나 할 생각으로 온 겁니다."

"아~"

그제야 불안했던 마음이 풀렸다. 가벼운 대화를 나누며 두 사람이 도착한 곳은 한 일식집이었다.

"여기 초밥이 아주 맛있습니다."

가게 안으로 들어가자 직원이 별도의 룸으로 안내했다.

독립된 룸에 앉자 직원이 주문을 확인했다.

"주문은 조금 이따가 하겠습니다."

"알겠습니다."

고개를 숙인 직원이 방을 나가고 문을 닫았다. 온전히 둘만 남게 되자 김영재가 본론을 꺼냈다.

"밥을 먹고 난 뒤에 일 이야기를 하게 되면 먹었던 음식이 체할 수도 있으니 먼저 하도록 하지요."

찬열이 고개를 끄덕였다.

"오늘 오전에 정 선수의 통장으로 1억을 입금했습니다. 작년에 촬영했던 모델료가 정산된 겁니다."

"그렇군요."

1억이라고는 하지만 크게 와 닿지 않았다.

손에 없어서 그런가?

"CF 촬영을 했던 건 6개월 정도 방송이 될 예정입니다."

이미 이야기했던 부분이었다. 광고에 대한 이야기가 끝나자 김영재가 목소리를 조금 더 낮췄다.

"그리고 좋은 소식이 있습니다."

"뭔가요?"

"미국에서 정찬열 선수에 대해 관심을 가지기 시작했습니다."

뜻밖의 소식이다. 놀란 감정이 그대로 드러났는지 김영재가 만족스런 미소를 지었다.

"이번 베이 베어스와의 경기에서 인상적인 모습을 남긴 것이 결정적이었습니다."

"정말입니까? 아무리 그래도 더블A와의 경기였는데……."

"모르셨습니까? 정 선수가 상대했던 딘 포에스터 투수는 메이저리그에서도 인정받는 유망주였습니다."

알고는 있었다. 그렇다 하더라도 단 한 번의 대결이다. 그것만으로 메이저리그가 자신을 주목한다는 건 의아했다.

"시기상으로도 좋았습니다."

"예?"

"메이저리그는 내부적으로 포스팅 시스템을 대폭 수정할 계획을 가지고 있습니다."

"그게 정말입니까?"

"예, 일본과 한국의 시스템이 다른 것이 걸렸나 봅니다. 아마도 일본의 시스템을 한국에도 요구하지 않을까 싶습니다."

포스팅 시스템. 타 리그의 선수가 메이저리그에 진출하기 위해 거쳐야 되는 절차다. 가까운 예로 일본의 괴물 투수 마쓰자카 다이스케가 이 시스템을 통해 5,000만 달러라는 거액을 구단에 안겨준 채 일본을 떠나 메이저리그에 진출했다.

구단에는 엄청난 부를 그리고 선수에게는 새로운 리그에서 뛸 수 있는 기회가 주어지는 시스템이었다.

문제는 한국과 일본의 조건이 다르단 점이었다. 일본은 1시즌만 뛰어도 구단의 허락만 있으면 메이저리그 진출이 허용된다.

반면 한국은 1군에서 7시즌을 뛰어야 된다. 그동안은 KBO에서 메이저리그에 진출할 만한 선수가 없었기에 미국에서도 별다른 움직임이 없었다.

하지만 최근 한국의 프로선수들이 국제 대회에서 좋은 모습을 보여주며 움직임에 변화가 생기고 있었다.

"정찬열 선수의 활약을 눈여겨본 몇몇 구단이 관심을 가지게 되면 메이저리그 사무국도 발 빠르게 움직일 수 있습니다."

"아직 실감은 안 나네요. 당장 변한 것도 아니고요. 괜히 기대를 가졌다가 실망을 하면 더 아쉬울 테니, 못 들은 걸로 하겠습니다."

"아! 그렇군요. 이거 늙어서 주책을 부렸습니다. 괜히 설레발을 떨었네요."

"아닙니다. 그런데 김 대표님은 이런 정보를 어떻게 아신 건가요? 이런 기사를 본 적이 없는 거 같은데."

"제가 미국에서 유학을 한 적이 있습니다. 당시의 인연이 아직도 이어지고 있어서 이런저런 정보를 얻을 수 있었습니다."

"그렇군요."

"자, 그럼 일 이야기는 이쯤에서 마무리하고 식사나 하실까요?"

배가 고팠기에 찬열은 고개를 끄덕여 동의했다. 김영재가 바로 주문을 했고 얼마 지나지 않아 두 사람의 앞에 진수성찬이 차려졌다.

2장

시즌 개막

시간은 흘러 개막전 당일이 되었다.

전국 4개 도시에서 일제히 열리는 개막전에 수만 명이 찾아왔다.

문학구장 역시 마찬가지였다.

표는 일찌감치 매진되었고 당일이 되자 경기장에 줄이 길게 늘어섰다. 그리고 구장의 한쪽에는 천막이 쳐졌다.

거기에는 찬열과 함께 몇몇 와이번스의 간판 선수가 앉아 있었다.

"와 주셔서 감사합니다."

"오빠! 오늘 경기 힘내세요!"

"찬열 씨! 사진 한 방 찍어줘요!"

"윤정길 선수! 오늘도 삼진 많이 잡아내요!"

선수들이 모인 이유는 사인을 해주기 위함이었다. 일일이 사인을 해주는 게 힘들긴 했지만 경기장에 찾아와 준 팬들이다.

모든 선수가 정성을 다해 사인을 해주고 그들의 요구를 받아주었다.

"자, 사인회는 이쯤에서 정리하도록 하겠습니다! 감사합니다!"

구단 직원의 안내에 따라 사인회가 마무리됐다.

선수들은 안으로 들어갔고 팬들도 곧 경기장으로 입장하기 시작했다.

순식간에 문학구장의 모든 자리가 관중으로 가득 찼다. 그리고 저녁 6시가 되자 각 채널에서 일제히 프로야구 중계가 시작됐다.

[전국의 야구팬 여러분 안녕하십니까? 기나긴 겨울이 끝나고 따뜻한 바람이 부는 봄이 왔습니다. 그리고 프로야구 시즌 역시 돌아왔습니다! 벌써부터 관중들의 응원 열기로 후끈한 이곳 문학구장에서 인사드립니다. 저는 캐스터 성민호! 옆에는 해설위원 이순경 위원님 나오셨습니다.]

[안녕하십니까?]

장비를 착용한 찬열은 더그아웃의 앞에 섰다.

국민의례와 애국가 제창이 끝난 뒤 시구 행사가 이어졌다.

오늘 시구는 와이번스의 사장이 했다.

시구가 끝나고 찬열이 캐처 박스로 들어섰다.

'또다시 시작이네.'

그라운드를 바라보는 찬열의 입가에 미소가 그려졌다. 고개를 들어 관중석을 바라봤다. 06년 개막전에서는 보기 어렵던 자신의 이름이 새겨진 플래카드가 많이 보였다.

"꺄악! 찬열 오빠!"

"찬열아! 오늘도 한 방 날려라!"

"정찬열 파이팅!"

사방에서 응원 소리도 들려왔다.

미소가 더욱 짙어졌다.

그는 마스크를 눌러쓰고 캐처 박스에 앉았다.

펑-!

펑-!

가볍게 연습 피칭이 끝나자 타자가 타석에 들어섰다.

그 모습을 본 심판이 손을 앞으로 뻗으며 소리쳤다.

"플레이볼!"

2007년 정규시즌의 시작이었다.

"흡!"

숨을 들이켜며 발을 내딛었다.

촤작-!

흙이 갈라지며 야구화의 징이 그라운드에 박혔다.

찬열의 허리가 회전했다. 회전력이 충분히 상체에 모이자 그것을 폭발시키듯 상체를 회전시켰다.

후웅-!

방망이가 공기를 가르며 묵직한 소리를 토해냈다.

딱-!

"와아아아아!"

경쾌한 소리와 함께 타구가 빠른 속도로 날아갔다.

외야수 중 누구도 그 자리에서 움직이지 못했다.

[넘어갔습니다! 시즌 9호 홈런이 터집니다!]

[정찬열 선수의 타격 폼이 미세하게 변하면서 빠른 공과 변화구를 적절하게 노릴 수 있게 됐어요.]

[그런가요?]

[여기 보시면 힙 턴이 된 뒤에도 상체를 한참 뒤에 회전을 시작합니다. 이러면 스윙에 폭발력이 생겨 더욱 강한 타구를 만들어낼 수 있죠. 무엇보다 빠른 공에는 상체의 회전을 빠르게, 느린 공에는 조금 느리게 하면서 조절을 할 수 있습니다.]

[그렇군요!]

[게다가 헤드업이 되지 않는 것도 매우 좋습니다. 힙 턴이 되지만 시선은 정확히 공에 고정이 되어 있어요.]

[정말이군요! 정찬열 선수, 홈인입니다! 이걸로 3경기 연속 홈런 포를 터뜨리며 9개째를 기록하며 2위와의 격차를 3개로 늘립니다!]

개막 이후 보름이란 시간이 지났다.

4월을 넘어 5월로 접어드는 사이 바람은 따뜻해졌고 야구의 열기도 서서히 달아올랐다. 현재 프로야구의 가장 큰 이슈는 단연 세 사람으로 좁힐 수 있었다.

타이거즈의 한승현, 이글스의 류성일, 그리고 와이번스의 정찬열이었다. 한승현과 류성일은 4월 선발로 3번 마운드에 올라 3승을 챙겼다. 한승현은 평균 자책점 제로라는 최고의 활약을 이어갔고 류성일 역시 1.23이라는 최고의 활약을 펼치고 있었다.

하지만 4월 MVP의 주인공은 정찬열이었다. 4월 12경기에 모두 선발로 출전해 타율 6할 6푼 6리, 15타점, 홈런 9개를 때려내며 역대급 활약을 펼치고 있었다.

세 사람의 괴물 같은 성적에 팬들은 괴물 삼인방이란 별명으로 그들을 불렀다.

[사실 시즌 전에는 한승현 선수를 제외한 두 괴물의 2년 차 징크스를 염려했던 사람이 많은데요. 예상을 깨고 두 선수 모두 지난해

를 넘어서는 활약을 보여주고 있습니다. 어떻게 보십니까?]

[간단합니다. 두 선수가 분석을 뛰어넘어 성장을 했다는 거죠.]

[즉, 다른 구단들의 예상보다 두 선수의 성장의 폭이 더 컸다. 이건가요?]

[그렇습니다. 특히 정찬열 선수의 성장은 경이로울 정도입니다. 작년 리그를 대표하는 거포로 우뚝 섰습니다. 하지만 약점도 분명했죠.]

[약점이라고 하시면?]

[당겨치기를 너무 의식해 바깥쪽 공에 대처가 조금 미흡합니다.]

[확실히 몸 쪽 공에 비해 타율이 전체적으로 낮은 편이죠.]

[그런데 올해 때린 9개의 홈런 중 5개가 밀어서 때린 타구입니다. 약점을 보완한 거죠. 이렇게 되니 타 팀의 입장에서는 미칠 노릇일 겁니다.]

이순경의 이야기대로 타 팀은 미칠 노릇이었다.

다른 팀과 경기할 때보다 더 많은 전력 분석원을 동원했다. 그들은 1루와 3루, 그리고 포수 뒤 관중석에서 찬열을 관찰했다.

어떻게든 약점을 찾아내기 위해서다.

'돌아버리겠네. 어떻게 된 놈이 약한 코스가 없어?'

'몸 쪽, 바깥쪽, 위아래, 대각선까지 모조리 때려대는데 어떻게 하라는 거야?'

7개 구단의 전력 분석원들이 똑같이 절망감을 느꼈다. 그만큼 정찬열이란 선수는 한차례 진화했다.

"정찬열! 정찬열! 정찬열!"

리그를 호령하는 슈퍼스타의 등장.

팬들에게 이것만큼이나 야구에 열광하게 할 일은 없었다.

실제로 와이번스는 홈경기가 열리는 날이면 작년과 비교해서 월등히 많은 숫자의 관중이 경기장을 찾았다.

만원 관중 역시 벌써 4번이나 기록하며 8개 구단 중 최고의 관중 수를 기록하고 있었다.

와이번스가 현재 리그 1위를 달리고 있는 것도 이유 중에 하나였다. 그렇게 와이번스는 정찬열이란 대형 스타의 탄생으로 성적과 흥행 모두를 잡은 팀이 됐다.

또 하나.

[아직 이른 이야기이긴 합니다만 이 속도라면 올 시즌 50홈런 돌파도 기대해 볼 만합니다.]

2003년 이후 나오고 있지 않은 50홈런.

KBO 관계자들은 그것을 기대하고 있었다.

* * *

[프로야구의 87년 트리오가 돌풍을 일으키고 있습니다.]

87년 트리오.

정찬열과 한승현, 그리고 류성일 세 사람을 일컫는 말이다. 그들의 활약은 침체기에 접어들었던 한국 야구에 다시 활력을 불어넣었다. 덕분에 스포츠뉴스에서만 보던 야구 소식을 공중파 저녁 뉴스에서 볼 수 있게 됐다.

"녹화 잘하고 있지?"

"그럼요! 걱정하지 마요."

정기홍의 물음에 고개를 끄덕인 김미숙이 다시 뉴스에 집중했다.

[인천구장에서는 정찬열 선수가 1홈런을 추가하며 가장 먼저 20홈런을 기록했습니다. 오늘 경기의 MVP로 뽑힌 정찬열 선수의 인터뷰 영상입니다.]

화면이 바뀌고 찬열이 나왔다. 곁에 서 있던 윤주희가 그에게 질문을 던졌다.

[오늘 홈런을 추가하면서 최단 경기 20홈런 기록을 경신하게 되었습니다. 소감이 어떠신가요?]

[KBO의 역사에 제 이름을 남길 수 있어 정말 기쁩니다.]

[4월에 이어 5월에도 경이로운 활약을 이어가고 있는데요. 특히

홈런의 페이스가 무척 빠릅니다. 올 시즌 홈런 목표가 어떻게 되시나요?]

[정확한 목표는 세우지 않았습니다. 아직 시즌 초반이고 현재의 좋은 컨디션을 잊지 않기 위해 노력하는 중입니다. 올스타전 이후로 정확한 목표를 세워보도록 하겠습니다.]

[그렇군요. 그럼 올스타전 이후에 다시 질문을 하도록 하겠습니다.]

생긋 웃는 윤주희의 모습을 끝으로 화면이 바뀌면서 중후한 분위기의 앵커가 다시 나왔다.

"저 아가씨 이름이 윤주희라고 했었죠?"

"그렇다고 하더군."

"참 예쁘네요. 아까 둘이 같이 서 있는 모습을 보니 잘 어울리던데."

"흠, 그렇긴 했지."

"다른 프로선수들은 연예인이나 아나운서와 많이 사귄다던데. 당신은 뭐 들은 거 없어요?"

정기홍이 작게 고개를 저었다.

"이제 고작 스물하나인데 뭘 그리 급하나? 느긋하게 생각하면 되지."

"운동하는 사람들은 일찍 결혼하잖아요. 게다가 찬열이는 군대도 안 가는데, 조금 일찍 가면 어때요?"

"음……."

"그리고 혼자 지내는 거 보는 것도 얼마나 마음이 아픈데……."

김미숙의 공격에 정기홍은 입을 다물 수밖에 없었다.

두 사람은 밤늦게까지 찬열의 인터뷰 영상을 돌려보면서 이런저런 이야기로 웃음꽃을 피웠다.

* * *

프로야구 시즌은 빠르게 지나갔다.

6월이 되면서 상위권과 하위권의 격차가 조금씩 나기 시작했다. 1위는 정찬열의 활약을 등에 업은 인천 와이번스가 차지했다. 2위는 괴물 투수 류성일이 지키고 있는 대전 이글스. 3위는 미스터 퍼펙트 한승현의 광주 타이거즈였다.

한승현의 제로 행진은 6경기에서 깨졌지만 여전히 1점대 평균 자책점을 유지했다. 항간에서는 80년대를 호령했던 선두열의 뒤를 이어 0점대도 가능하지 않겠냐는 이야기가 솔솔 나왔다.

동시대에 등장했다는 게 믿기지 않는 세 선수의 활약에 프로야구의 흥행 역시 수직 상승하고 있었다.

KBO는 이때를 놓치지 않고 전년보다 이른 시기에 올스타전 개최를 발표했다. 그리고 또 하나의 내용을 발표했다.

[트레이드 공시. 인천 와이번스 포수 박민혁 = 서울 베어스 투수 우기영]

인터넷을 하다 그것을 확인한 찬열의 눈이 커졌다.

"민혁 선배가 트레이드?"

한국에서 트레이드는 흔한 일이 아니다. 워낙 좁은 시장이고 선수도 한정되어 있어 카드를 맞추는 게 어려웠다.

그런데 박민혁이 트레이드됐다.

'어째서 박민혁 선배를 트레이드한 거지? 당장 주전으로 사용할 수 있는 전력인데…….'

현재 와이번스에는 주전급 포수가 4명이 있었다.

정찬열, 박현우, 그리고 박민혁과 장태길이었다. 1군의 두 사람을 제외하고 2군에 있는 박민혁과 장태길의 실력 차이는 명백했다.

박민혁이 더욱 뛰어났다. 그래서 트레이드가 된다면 장태길이 될 것이라 생각했다.

'게다가 우기영과 1 대 1 트레이드라니…….'

자신에게 매일같이 시비를 걸던 우기영. 분명 미운 놈이지만 잠재력만큼은 있는 녀석이었다. 하지만 베어스라는 명문 구단에 들어가면서 제대로 된 기회를 얻지 못했다.

"1군에 올라왔던 게 2경기."

KBO의 홈페이지에 들어가 기록을 확인했다.

자신도 모르는 사이 2경기에 나왔었나 보다.

"평균 자책점이 36.00."

엉망이었다. 자신이 감독이었어도 두 번 다시 쓰고 싶지 않았을 거다.

"감독님은 이 녀석을 원하셨단 말이지."

이해되는 부분도 있었다. 현재 와이번스에는 좌완 스페셜리스트가 없었다.

반면에 포수 자원은 넘쳐흘렀다. 이해관계는 맞아 떨어졌다. 문제는 양쪽 카드가 너무 차이가 난다는 것이었다.

그때 핸드폰이 울렸다.

[널 사랑하는~]

발신자는 박민혁이었다.

"선배님!"

[잠깐 얼굴 좀 보자.]

* * *

택시를 타고 구장 인근의 카페에 도착했다.

안으로 들어가자 조용한 카페 안에 몇몇 사람이 앉아 있었다. 두리번거리던 찬열의 눈에 구석진 곳에 앉아 있는 박민혁이 보였다. 한달음에 달려가 맞은편에 앉았다.

"오래 기다리셨죠?"

"10분 만에 도착한 녀석이 할 말은 아닌데?"

"하하……."

박민혁이 앞에 있던 음료수를 내밀었다. 시원한 과일 주스였다.

"커피는 안 마시지?"

"기억하시네요?"

특유의 미소를 지으며 자신의 커피를 입에 가져간다.

예전보다 한층 여유로워진 분위기였다. 트레이드가 된 사람의 모습이 아니었다. 빤히 쳐다보자 박민혁이 커피 잔을 내려놓으며 말했다.

"왜? 트레이드된 놈이 너무 여유로워 보여?"

정곡을 찔렀다. 급하게 부정하려는데 박민혁이 다시 말을 이었다.

"사실 이번 트레이드는 내게도 기회다."

박민혁의 눈이 빛났다.

"현재 베어스에는 메인 포수라고 할 수 있는 사람이 없어. 내가 가면 충분히 안방마님 자리를 꿰찰 수 있다고 생각한다."

"저도 그렇게 생각합니다."

"네가 그렇게 말해주니까 기분이 좋은데?"

박민혁이 다시 커피를 마셨다. 잔을 내려놓은 그는 진지한 목소리로 말했다.

"널 보면서 많은 생각을 했다."

"생각이요?"

"내가 네 나이 때 너처럼 열심히 했었던가? 아니, 내 인생에서 너처럼 야구를 했었던 적이 있나? 고민을 많이 했지."

고개를 저었다.

"단 한 번도 없었다. 나름 열심히 한다고 했지만 네가 하는 모습을 보니까 그저 변명이더라."

"아닙니다. 제가 본 선배님은 언제나 열심히 하셨습니다."

"너한테 자극받아서 그랬던 거다. 어쨌든 새로운 기회를 얻었으니 정말 빡세게 해봐야지."

새로운 기회라는 말에 움찔했다.

그 뒤로 두 사람은 이런저런 대화를 하다 이내 카페를 나왔다. 주차장에 세워진 SUV 앞에 도착한 박민혁이 몸을 돌려 손을 내밀었다.

"고마웠다. 네 덕분에 야구에 대해 다시 생각할 수 있었다."

찬열은 진심으로 감탄했다. 자신보다 한참이나 어린 자신에게 이런 말을 하다니? 만약 자신이라면 그럴 수 있었을까?

선뜻 답을 내릴 수 없었다.

그랬기에 진심을 다해 박민혁의 손을 맞잡았다.

"저야말로 선배님에게 많은 걸 배웠습니다. 감사합니다!"

"앞으로는 적으로 만나겠지만 언제든지 힘든 일 있으면 전화해라."

"예!"

딸칵ㅡ!

차에 오른 그가 창문을 내렸다.

"부상 조심하고! 올해 50홈런 꼭 넘겨라!"

"감사합니다!"

고개를 숙이는 찬열을 뒤로하고 가 멀어져 갔다.

박민혁과 우기영의 트레이드는 한바탕 소동을 일으켰다.

이해관계는 맞았다. 하지만 카드의 크기가 너무 달랐다.

일각에서는 현금이 오갔다는 이야기가 나왔다. 그러나 누구도 확신은 하지 못했다. 두 구단이 입을 다물었기 때문이다.

여하튼 두 선수는 새로운 유니폼을 입게 됐다.

박민혁은 곧장 베어스의 주전 멤버로 1군에 합류했다.

포수 자원이 얼마나 없었는지 보여주는 단적인 예였다.

반면 우기영은 2군에 합류했다. 좌완 중간 투수가 필요하긴 했지만 즉시 전력으로 분류하진 않았다는 증거였다.

＊ ＊ ＊

6월이 모두 갈 시점.

찬열은 어느덧 28홈런을 기록 중이었다. 2위인 박대수가 20홈런임을 감안했을 때 정말 빠른 페이스였다.

세간에서는 그를 폭주 기관차라 불렀다. 정찬열이 주목을 받는 건 단순히 타격에서만이 아니었다.

[김태현 선수 5이닝을 1실점으로 틀어막으며 좋은 모습을 보여주었는데요. 6회 말에 들어서자마자 첫 타자에게 볼넷을 내줍니다.]

[투 볼로 시작했지만 풀카운트까지 잘 끌어갔는데요. 8구까지 끈질기게 버틴 이형우 선수의 승리로 돌아가네요.]

투수에게 가장 좋지 않은 건?

바로 사구(四球)다.

볼넷을 주게 되면 주자는 걸어서 1루에 나간다.

그사이 수비들은 아무것도 하지 못한 채 자리에서 대기를 해야 했다. 그러다 보면 정신이 산만해진다. 집중력이 흐트러지면 에러가 나올 확률이 높아진다. 코치들이 맞더라도 빠른 승부를 하라고 조언을 해주는 이유였다.

그런데 김태현은 풀카운트에서 마지막 공을 볼로 던졌다. 주 무기인 포심 패스트볼이 존을 한참 벗어났다. 백성원이 나올 수밖에 없었다.

"힘드냐?"

"괜찮습니다. 더 던질 수 있습니다."

김태현의 눈은 흔들리지 않았다. 이런 눈을 보여주는 투수를 내릴 수 없었다. 게다가 김태현은 그동안 5선발로서 로테이션을 거르지 않으며 자기 몫을 충실히 해주었다. 한번 쌓인 신뢰는 또 한 번의 기회가 되어 그에게 돌아왔다.

"너무 긴장하지 말고, 뒤에서 지켜주고 있는 선배들을 믿고 던져라. 알았지?"

"예!"

"너도 리드 잘하고."

"알겠습니다."

몸을 돌린 백성원이 찬열을 나무라는 듯 말하면서 한쪽 눈을 감았다. 일종의 투수 기 살리기였다.

'너만 잘못한 게 아니라 포수에게도 잘못이 있다'라는 걸 보여주면서 자신감을 잃지 않게 해주는 거다.

이 방법도 코칭스태프에게 신뢰가 없다면 할 수 없었다. 혹시나 포수가 기분이 상할 수도 있기 때문이다.

하지만 찬열에 대한 코칭스태프의 믿음은 대단했고 이런 방법을 택할 수 있었다. 백성원이 마운드를 내려가자 찬열이 공을 닦으며 김태현에게 건넸다.

"주자는 무시해. 넌 내 사인만 보고 던지면 돼. 알았지?"

"응."

방금 전 강인했던 목소리가 아니다. 내려가기 싫어서 오기로 소리쳤지만 자신감이 떨어졌다.

사실 김태현의 최근은 불행했다 라는 말이 딱 맞았다. 5이닝 1실점, 6이닝 2실점을 던졌지만 모두 승리를 챙기지 못했다.

직전 경기가 제일 아까웠다. 7이닝 무실점, 2점 리드 상황에서 마운드를 내려갔다. 이길 거라 생각했다.

그런데 그날 철벽 마무리 김상훈이 끝내기 쓰리런을 맞았다. 최악이었다. 그래서 어떻게든 1이닝이라도 더 던지고 싶었다.

그걸 찬열은 눈치챘다. 하지만 이럴 때는 해줄 수 있는 말이 없었다.

투수가 이겨내야 한다. 그렇게 생각한 찬열이 몸을 돌려 마운드를 내려갔다.

홈 플레이트에 도착한 그가 몸을 돌려 수비수들을 바라봤다.

"일단 원아웃부터!"

"오케이!"

"오우!"

내야수들이 일제히 호응을 보냈다. 그 모습을 본 찬열이 미소를 지으며 마스크를 쓰며 캐처 박스에 앉았다.

"플레이볼!"

사인이 떨어지자 찬열이 손가락을 움직였다.

타자는 좌타, 빠른 발과 작전 수행능력이 있었다. 여차하면 희생번트가 나올 수도 있다.

'바깥쪽 포심 패스트볼. 3루, 번트 대비.'

일부러 높이는 지정하지 않았다.

편하게 던지라는 배려였다.

김태현이 고개를 끄덕이고 투수판을 밟았다.

스슥-! 스슥-!

1루 주자가 신경 쓰이게 흙을 발로 비볐다. 정신을 산만하게 만들려는 의도다. 하지만 찬열의 말을 기억하고 있는지 김태현은 눈으로만 견제를 하고 곧장 퀵모션으로 공을 뿌렸다.

뻥-!

"볼!"

또다시 볼이다. 그래도 아주 약간 벗어나는 코스였다.

바깥쪽이 아니라 가운데를 요구했다면 충분히 들어왔을 것이다.

'아직 부담감이 있군.'

찬열이 다시 사인을 냈다. 예상대로였는지 가운데로 사인을 내자 김태현의 공이 스트라이크존으로 들어왔다.

뻥-!

"스트라이크!"

펑-!

"볼!"

2볼 1스트라이크.

타자, 투수, 포수 모든 이가 머리가 복잡해지는 상황이었다. 하지만 찬열은 금방 결정을 내렸다.

'지금 상황에서 변화구는 무리다. 주 무기로 잡아내야 돼.'

포심 패스트볼은 지금의 김태현을 있게 만든 공이다. 이걸로 타자를 잡아내면 다시 살아날 수 있다. 사인을 받은 김태현이 1루에 견제구를 연달아 던졌다. 느낌이 좋지 않아서였다.

하지만 모두 세이프가 됐기에 더 이상 견제구를 던질 수 없었다. 시간을 끌면 수비들도 힘들어진다.

김태현은 결단을 내리고 찬열을 향해 있는 힘껏 공을 뿌렸다. 그의 발이 홈 플레이트 쪽으로 내딛는 순간.

"고!"

주자가 뛰었다.

'제길!'

쐐액-!

공이 손을 떠났다.

그 순간 타자가 번트 자세를 취했다.

'미친!'

2볼 1스트라이크다.

이 상황에 희생번트라니?

황당함도 잠시 김태현은 곧장 홈 플레이트를 향해 달렸다.

딱-!

공이 배트를 맞고 땅에 떨어졌다. 타구 방향은 3루였다. 굴러가는 속도가 느려 3루수가 잡기에는 무리였다. 이대로는 타자주자까지 살 수 있었다.

'안 돼!'

절망하던 그때였다.

어느새 마스크를 벗은 찬열이 공을 잡았다. 너무나 재빠른 움직임이었다. 마치 타자의 번트를 예상이라도 한 것 같았다.

'타자주자는 잡는…….'

"숙여!"

찬열이 소리쳤다.

깜짝 놀란 김태현이 몸을 숙였다. 그 모습을 본 찬열이 이를 악물고 공을 뿌렸다.

쐐액-!

공이 날아간 방향은 2루였다.

'늦……!'

늦었다고 판단한 김태현이 고개를 돌렸다. 그런데 믿을 수 없는 광경이 펼쳐졌다. 분명 2루에서 세이프가 되어야 될 주자가 헤드 퍼스트 슬라이딩을 하고 있었다. 그리고 그 위로

2루수의 글러브가 내려오고 있었다.

퍽-!

"아웃!"

"퍼스트!"

주자를 아웃시킨 2루수가 곧장 1루로 공을 뿌렸다.

퍽-!

"아웃!"

1루에서 또다시 포스아웃.

순식간에 아웃 카운트 두 개가 올라갔다.

[대단합니다! 번트 타구를 잡아 더블플레이를 만들어냈습니다!]

[정말 환상적인 플레이였습니다. 분명 1루에 던졌어야 될 타이밍입니다. 1루 주자가 스타트가 빨랐기 때문이죠. 여기 보세요.]

화면이 바뀌면서 리플레이가 나왔다.

[투수가 퀵모션에 들어가는 순간 주자는 스타트를 걸었어요. 이렇게 되면 분명 세이프입니다. 하지만 주자가 1/3 지점에서 멈췄어요.]

[정말이네요.]

[번트가 아웃이 될 수 있기 때문에 멈춘 겁니다. 하지만 번트는 제대로 성공했고 주자는 다시 스타트를 걸어 2루로 갑니다.]

[하지만 이런 상황에서도 2루에서 세이프가 되지 않을까요?]

[평범한 포수였다면 그랬을 겁니다. 하지만 와이번스의 포수는 리그 최고의 어깨를 가지고 있는 정찬열 선수입니다. 자, 여기 보시

면 번트 자세를 취할 때 정찬열 선수의 시선이 주자를 따라가고 있어요. 공을 보지 않고 있죠.]

화면이 또다시 바뀌었다.

[딱 소리가 날 때 타구 방향을 확인했어요. 타구가 느리다고 확인한 정찬열 선수는 망설이지 않고 2루로 공을 뿌렸습니다. 만약 여기서 0.1초라도 망설였다면 세이프가 됐을 거예요.]

[그럼 그 짧은 순간에 주자가 멈춘 걸 확인하고 2루로 던져야 된다. 이렇게 판단했다는 건가요?]

[그렇습니다. 자신의 어깨라면 잡을 수 있다. 그리고 그걸 현실로 만들었습니다. 대단하다고밖에 말할 수 없네요.]

잠실이 들썩였다.

원정 팬들은 연이어 정찬열의 이름을 연호했다.

찬열은 떨어져 있는 마스크를 건네주는 김태현을 보며 씩 웃었다.

"땡큐."

"그 상황에서 어떻게 2루에 던질 생각을 했냐?"

"충분히 잡을 수 있다고 판단했거든."

간단한 대답. 하지만 그 안에 내포된 뜻은 간단하지 않았다.

'녀석은 스스로를 믿었는데…….'

김태현이 굳은 얼굴로 마운드로 돌아갔다.

'나도 할 수 있다.'

동갑내기. 친구라고 말할 수도 있지만 한편으로는 라이벌이라고도 말할 수 있다.

포지션이 다르다? 그건 핑계에 불과하다.

'나도 해보이고 말겠어.'

김태현은 다시 한 번 다짐하며 가볍게 어깨를 풀었다.

* * *

[9회 말, 다시 마운드에 오른 김태현 투수. 5점 리드를 등에 업고 마지막 아웃 카운트를 잡기 위해 와인드업을 합니다.]

6회 위기를 넘긴 김태현은 다시 살아났다.

구속과 구위가 돌아오면서 타자들을 압박했다. 무엇보다 타자를 잡아먹으려는 듯한 그의 기세에 모든 타자의 기가 눌렸다.

찬열은 8회 초 투런포를 터뜨리며 시즌 29호 홈런을 기록했다. 21살 동갑내기 두 선수가 와이번스의 승리를 위해 질주하고 있었다.

뻥―!

"스트라이크!"

[9회 말인데도 여전히 140㎞ 후반의 구속을 보여주는 김태현 선수! 대단합니다!]

딱―!

"파울!"

[배트가 밀리고 있어요. 아직까지 공에 힘이 있습니다!]

빵—!

"스트라이크! 아웃!"

마지막 공에 배트가 헛돌았다.

[마지막 아웃 카운트가 올라갑니다! 김태현 선수 데뷔 첫 완투승을 기록합니다. 9이닝 1실점 3사사구 12탈삼진을 잡아내며 시즌 8승을 스스로의 손으로 만들어 냅니다!]

이날 수훈선수는 김태현에게 돌아갔다.

* * *

다음 날.

월요일이기에 찬열은 아파트에서 쉬고 있었다. 침대에서 뒹굴거리던 그는 오후가 되자 컴퓨터 앞에 앉았다.

"어디 보자……."

인터넷을 열고 포털 사이트의 야구 소식으로 들어갔다. 메인 기사에 '올스타전 투표 결과'라는 글이 떠 있었다. 떨리는 마음으로 기사를 클릭했다.

[오는 17일 열리는 프로야구 올스타전의 투표 결과가 발표됐다. 최

다 득표자는 72퍼센트의 득표율을 기록한 정찬열 선수에게 돌아갔다.]

"나이스!"

찬열은 주먹을 불끈 쥐며 자신의 생애 두 번째 올스타전 참가를 기뻐했다. 무엇보다 팬들이 1위로 뽑아주었기에 더욱 기뻤다. 한바탕 기쁨을 표출하고 다시 침대에 누웠다.

"올스타전이라……."

작년 올스타전의 기억이 떠올리며 찬열은 오랜만의 휴식을 보냈다.

* * *

올스타전을 일주일 앞둔 시점.

찬열은 구단 불펜에서 의외의 사람과 함께 있었다.

휙-!

어설픈 폼으로 던진 공이 아리랑 볼이 되어 떨어졌다. 굴러오는 공을 보던 찬열이 작게 한숨을 쉬었다.

'이거 꽤 고생하겠네.'

몸을 일으킨 그가 맞은편에 있던 여인에게 다가갔다. 창피한지 그녀의 작은 얼굴이 빨개져 있었다.

"너무 못 던지죠?"

TV나 라디오에서 간혹 듣던 익숙한 목소리가 들려왔다.

노래할 때와 똑같은 목소리였다. 그녀는 최근 최고의 인기를 누리고 있는 여자 아이돌 그룹 러브 걸의 핵심 멤버인 제니였다.

그녀는 KBO의 요청에 의해 이번 올스타전에서 시구를 맡게 됐다. 인천 와이번스의 모 그룹의 광고모델이기에 그 인연으로 이곳에서 시구 연습을 하게 된 것이다.

사실 연예인의 시구라는 게 아직까지는 전문적으로 이루어지지 않고 있었다. 특히 여자 연예인은 볼거리에 불과했다.

몇몇 사람이 전문적인 시구를 보여주어 이슈가 되기도 했지만 정말 소수였다. 그랬기에 이렇게까지 일찍부터 시구 연습을 하는 일은 없었다. 대부분 당일에 나와 연습을 하고 대충 공을 던지고 떠났다.

그런데 제니는 일주일이나 먼저 구장에 스스로 온 것이다.

그것도 연습을 하러 말이다.

평소 팬이었다면서 제니는 찬열을 지목했다.

두 사람이 지금 함께 있게 된 이유였다.

"음, 일단 폼이 전혀 안 되어 있어요. 폼부터 교정을 한 다음에 다시 던져 보도록 하죠."

"네!"

두 눈을 반짝이는 그녀를 보며 찬열은 가슴이 뛰었다.

'정말 예쁘네.'

연예인이란 걸 감안해도 그녀의 외모는 빼어났다. 검은 생머리에 중간부터 넣은 웨이브가 여성스러움을 한껏 뽐냈다. 분홍색 입술이나 새하얀 피부, 쥐면 부러질 것 같은 가느다란 팔다리도 보호 본능을 일으켰다.

무엇보다 웃을 때 반달웃음을 그리는 눈동자가 매력적이었다.

"찬열 씨?"

부드러운 목소리에 정신이 번뜩 들었다. 찬열은 헛기침을 하고는 투구 동작을 잡았다.

"죄송해요. 잠깐 다른 생각 좀 하느라. 자, 이제부터 동작을 하나씩 알려드릴게요."

"네!"

주먹을 불끈 쥐며 의욕을 보이는 모습에 가슴이 녹아내렸다.

1시간 뒤.

"제니야, 이제 가야 돼."

"네~ 오빠."

매니저의 말에 제니가 글러브를 뺐다. 찬열은 그런 제니에게 하얀 수건을 건넸다.

"방금 전에 알려드린 섀도 피칭을 조금씩 꾸준하게 하셔야되요."

"네! 정말 고마워요! 그럼 삼 일 뒤에 뵐게요!"

환하게 미소를 지은 그녀가 떠났다. 마치 꿈이라도 꾼 것 같은 기분에 멍하니 서 있을 때.

뒤에서 누군가 덮쳤다.

"얌마! 어땠냐? 좋았어? 제니 예쁘든?"

헤드락을 건 김태현이 질문을 쏟아냈다. 누군가는 또 엉덩이를 때리기 시작했다.

"감히 하늘같은 선배님들을 두고 네가 천사 제니를 독차지해?! 치질이나 걸려라 짜샤!"

"악! 악! 항복! 항복!"

유치한 공격이 끝나고 질문 세례가 이어졌다.

"둘이 오붓한 시간 보냈는데 어땠어?"

"무슨 이야기 했냐?"

찬열은 있었던 일을 사실 그대로 이야기했다. 별일 없었다는 게 확인되자 선배들이 하나둘 자리를 떠났다.

"시시한 자식. 그 좋은 기회를 놓치냐?"

"에잉, 재미없어."

실망한 선배들이 사라지고 찬열은 김태현과 둘이 남게 됐다.

"야, 정말 아무 일도 없었어?"

"그 짧은 시간에 무슨 일이 있겠냐? 그냥 공 던지는 거나 제대로 가르쳐 주고 끝냈다."

"거참 이상하네."

쉬이 납득하지 못하는 김태현이었다. 그도 그럴 것이 연예인과 야구 선수의 스캔은 흔하게 일어나는 일이다. 그런데 아무 일도 없었다니?

찬열은 그런 김태현의 등을 툭 치며 말했다.

"쓸데없는 생각 말고 연습이나 하자."

"넌 어찌 그렇게 담담하냐?"

"뭐가?"

"제니 안 예뻐? 네 스타일이 아니야?"

"예쁘지. 그런데 그냥 딴 세계 사람 같았다. 나랑은 다른 세계에 사는 사람? 뭐 그런 사람 보는 느낌이었다. 게다가 처음 만난 건데 내 스타일인지 아닌지 어떻게 아냐?"

"거참, 이상한 놈일세."

끝까지 이해할 수 없다는 반응을 보이는 김태현을 뒤로하고 찬열이 걸음을 옮겼다.

'자, 집중하자.'

그는 자신의 뺨을 때리며 정신을 집중했다.

* * *

전반기 종료까지 3경기를 남겨둔 상황.

와이번스는 2위인 대구 라이온즈와 1경기 차이로 1위를 지키고 있었다.

이동건은 전반기를 1위로 마무리하고 싶었다. 그러기 위해서는 올스타 브레이크를 앞둔 마지막 시리즈. 대구 라이온즈와의 3연전에서 위닝시리즈를 만들어야 했다.

대구로 이동한 와이번스 선수단이 회의실에 모였다.

"전반기 마지막 시리즈다. 다들 힘들겠지만 이번 시리즈를 이기고 1위로 전반기를 마감하자."

"예!"

"지금부터 선발 명단을 발표한다."

선발 엔트리는 변한 게 없었다.

찬열은 4번 타자와 포수를 맡았고 선발투수는 토마스가 등판한다. 그 뒤로 상대팀 투수에 대한 분석이 이루어졌다.

"상대팀 선발은 차범수다. 다들 알겠지만 슬라이더가 일품이지. 최근 성적이 좋다. 3전 2승 0패, 평균 자책점 1점대를 마크하고 있다."

전력 분석은 시즌을 치르는 내내 이루어진다. 선수는 기계가 아니라 살아 있기 때문이다. 최근의 컨디션, 성적에 따라 던지는 구종, 코스 등 모든 것이 변한다.

브리핑이 끝나자 선수들이 해산했다. 하지만 투수인 토마스와 포수인 찬열은 배터리 코치와 함께 다시 회의를 진행했다.

"저쪽 타자들은 좌타자로 구성이 됐다. 찬열이는 이걸 잘 생각해서 볼 배합을 해라."

"알겠습니다."

더 이상 찬열에게는 벤치에서 볼 배합 사인이 나오지 않았다. 신뢰를 얻었다는 소리다. 배터리 코치는 그 뒤로 간단한 의견을 교환하고 회의를 마무리했다.

* * *

[토마스 선수, 주자 1, 2루 상황에서 결국 마운드를 내려갑니다. 5와 1/3이닝 2실점을 기록합니다.]

[다음 타자는 라이온즈의 진은성 선수인데요. 마운드에는 이주호 선수가 올라옵니다.]

[올 시즌 이주호 선수의 성적은 22와 2/3이닝 9홀드 1세이브를 기록했습니다. 평균 자책점은 1.19로 올 시즌에도 매우 좋은 모습입니다.]

연습 투구가 끝났다.

구위가 좋았다.

타자를 삼진으로 돌려세우기에 충분했다.

'이제는 내 차례지.'

타자와의 승부는 투수의 구위만으로 결정되지 않는다.

적절한 코스로 던질 수 있는 제구력, 그리고 그 코스를 요구하는 포수의 볼 배합이 있어야 했다.

찬열은 머릿속으로 진은성의 최근 5경기 타격을 떠올렸다.

'최근 13타수 3안타를 기록할 정도로 타격감이 떨어졌다. 3안타에도 장타는 없었어. 또한 바깥쪽 코스만 공략을 했다. 몸 쪽이 약해.'

데이터를 계산한 찬열이 몸 쪽으로 사인을 냈다. 그리고 그 계산은 맞아 떨어졌다.

펑-!

"스트라이크!"

뻑-!

"볼!"

딱-!

"파울!"

[순식간에 볼카운트가 밀리는 진은성 선수! 1볼 2스트라이크가 됩니다!]

[철저하게 몸 쪽 코스를 공략하고 있습니다. 최근 진은성 선수가 몸 쪽에 약했다는 걸 배터리가 알고 있는 거예요.]

계산은 맞았다.

진은성의 배트는 몸 쪽 공을 따라오지 못했다.

'부상? 아니면 슬럼프?'

고민했지만 이내 고개를 저었다.

'지금 필요한 건 몸 쪽을 제대로 치지 못한다는 거다.'

그렇게 판단한 찬열은 결정구를 선택했다.

'몸 쪽에서 떨어지는 체인지업.'

본인의 주 무기이기에 이주호는 바로 고개를 끄덕였다.

주자들을 눈으로 견제한 이주호가 퀵모션과 함께 공을 뿌렸다. 패스트볼에 당해서인지 진은성의 스타트가 빨랐다.

'걸렸어!'

날아오던 공의 속도가 줄었다. 반면에 진은성의 배트는 절반이나 돌아갔다.

치직-!

그때 앞발이 바깥으로 벌어지면서 중심을 아래로 이동했다. 동시에 무릎을 꿇으면서 자세를 낮췄다.

딱-!

한 손을 놓으면서 배트 스피드를 죽여 억지로 공을 때렸다. 하지만 제대로 힘이 실리지 않았다. 허리 회전도 없었다. 그저 팔 힘만으로 공을 밀어냈다. 제대로 된 타구가 나올 리 없었다. 예상대로 공은 3루수 앞에 떨어졌다.

'아웃이다.'

그렇게 판단한 순간.

퍽-!

공이 불규칙 바운드가 일어나더니 3루수의 글러브를 맞고 뒤로 튕겨져 나갔다.

"이런!"

2루 주자가 속도를 내어 홈으로 파고들었다. 막 3루를 지나는 순간 백업을 온 좌익수가 공을 잡아 그대로 던졌다.

'승부!'

찬열은 홈 플레이트 앞을 막고 공을 받았다. 주자 역시 몸을 날려 헤드 퍼스트 슬라이딩을 했다.

퍽—!

순식간에 홈 플레이트가 엉망이 됐다. 흩날리는 먼지 사이로 찬열과 주자가 뒤엉켜 있었다.

모든 이의 시선이 구심에게 향했다.

구심은 천천히 주먹을 뻗었다.

"아웃!"

"와아아아!"

"우우우우!"

동시에 터진 함성과 야유. 그리고 홈 플레이트에 쓰러져 있던 찬열과 주자 역시 정반대의 모습으로 일어났다. 고개를 숙인 주자가 홈으로 들어가는 걸 보던 찬열이 보호구에 묻은 먼지를 털어냈다.

탁탁—!

찌릿—!

"윽!"

손바닥으로 옆구리를 치자 고통이 엄습했다. 심한 건 아니었다. 그저 일순간 숨을 참기 힘든 정도였다.

"나이스 블로킹이다!"

어느새 다가온 이주호가 찬열의 머리를 흐트러뜨렸다.

"감사합니다."

"표정이 안 좋은데 왜 그래? 다쳤어?"

걱정스런 이주호의 표정에 찬열이 고개를 저었다.

"아뇨, 괜찮습니다."

"그럼 다행이고."

억지로 미소를 짓는 찬열을 뒤로하고 이주호가 다시 마운드로 걸어갔다. 홀로 남은 찬열은 다시 한 번 손을 뻗어 옆구리를 만졌다.

'윽!'

또다시 찾아오는 약간의 고통에 얼굴이 일그러졌다.

'설마…….'

찬열은 고개를 저었다. 생각하고 싶지 않았다.

'아닐 거야.'

스스로에게 최면을 걸며 그는 캐처 박스에 앉았다.

3장

부장

1차전의 승리는 와이번스가 가져갔다.

이주호를 비롯해 승리조 투수들이 모두 동원되어 승리를 지켰다. 경기가 끝나고 라커룸에서 장비를 벗던 찬열은 갑작스런 이동건의 호출에 곧장 감독실로 향했다.

감독실에는 이동건만이 아니라 수석 코치인 최호성, 배터리 코치인 김기홍이 함께 있었다.

"앉아라."

"예."

비어 있는 곳에 앉자 이동건이 바로 본론을 꺼냈다.

"6회에 옆구리를 만지면서 인상을 쓰던데. 블로킹을 할 때 부상을 입은 거냐?"

찬열은 깜짝 놀랐다. 설마 그 짧은 순간에 자신의 행동을 봤을지 몰랐기 때문이다. 세 사람의 눈빛이 그 어느 때보다 진지했기에 찬열은 진실을 이야기했다.

"갈비뼈 쪽을 손으로 만지면 약간의 통증이 있었습니다. 하지만 공을 받을 때는 별 무리가 없었습니다."

"타격을 할 때는?"

날카로운 질문에 찬열이 순간 머뭇거렸다. 그걸 캐치한 이 동건이 말했다.

"찬열아, 너의 몸은 단순히 개인의 것이 아니다. 네가 부상을 숨김으로써 생기는 여파는 팀 전체, 구단 전체에 영향이 간다. 그러니 있는 그대로 이야기를 해줘야 돼."

진심 어린 말에 찬열이 한숨을 내쉬었다.

"허리 회전까지는 괜찮았습니다. 하지만 상체를 회전할 때 순간적으로 힘이 빠지는 걸 느꼈습니다."

"통증은?"

"……있습니다."

세 사람의 얼굴이 어두워졌다. 사실 이동건이나 김기홍은 블로킹 직후 찬열의 행동에 큰 의미를 두지 않았다. 블로킹이란 것이 원래 큰 충격을 받기 때문에 직후에는 고통이 따를 수 있었다. 하지만 이후 찬열이 보여준 타격은 정상이 아니었다.

배트 스피드가 떨어졌고 자연스레 범타가 많이 나왔다. 최근 강력했던 모습을 보였던 찬열이기에 뭔가 이상이 생겼다고 판단한 것이다. 그리고 예상은 맞았다.

"일단 오늘 병원에 가서 정밀 진단을 받도록 하자. 김 코치, 곧장 병원에 데려가세요."

"알겠습니다. 찬열아, 가자."

찬열은 힘없이 김기홍의 뒤를 따랐다. 감독실에 둘만 남게되자 최호성이 말했다.

"미치겠군. 이 중요한 시기에 찬열이가 부상이라니."

"아직 확정이 아니니 조심합시다. 괜히 이상한 소문 돌지 않게."

"그래야지. 녀석이 빠진다는 게 알려지면 언론에서 흔드는 건 둘째 치고 애들 사기도 떨어질 테니까."

두 사람은 최악의 상황을 상정하고 다음을 준비했다.

* * *

병원에 도착한 찬열은 정밀 검사를 받았다.

초조한 마음으로 결과를 기다리던 찬열이 호명을 받고 진료실로 들어갔다. 의자에 앉아 다리를 떠는 찬열의 어깨로 김기홍의 손이 얹혀졌다.

"괜찮을 거다."

한마디였지만 마음이 놓였다. 이내 진료실의 문이 열리고 흰색 가운을 입은 의사가 들어왔다.

"정찬열 선수, 안 좋은 소식입니다. 갈비뼈에 미세 골절이 있어요."

"골절이요?"

"예, 처음에 방사선 촬영에서 아무것도 잡히지 않았는데 정밀 초음파에서 골절이 확인됐습니다. 심한 편은 아니지만 1개월 정도 휴식을 취해야 합니다."

"1개월……."

찬열의 얼굴이 어두워졌다. 팀이 선두권 싸움을 하고 있는 중요한 상황이다. 이런 상황에서 경기에 빠져야 된다는 게 마음에 걸렸다.

"부상을 참고 경기에 뛰면 안 됩니까?"

찬열의 질문에 의사가 고개를 저었다.

"지금은 미세 골절이지만 또다시 충격을 받게 되면 골절로 이어질 겁니다. 그렇게 되면 시즌 전체를 날려야 될 수도 있어요."

"그런……."

"한창 시즌 중에 쉰다는 게 꽤 충격이 크겠지만 일단 부상 치료에 전념하셔야 됩니다. 푹 쉬시면 예상보다 빨리 복귀할 수도 있습니다."

찬열이 야구 선수임을 아는 의사가 위로를 했다. 하지만 떨어진 그의 고개는 올라올 생각을 하지 못했다.

다음 날.
스포츠신문 1면에 찬열의 사진이 올라갔다.

[인천 와이번스의 4번 타자 정찬열! 부상!]
[갈비뼈에 미세 골절상을 입은 정찬열 선수는 1군 엔트리에서 소멸, 데뷔 첫 2군행이 결정됐습니다. 구단 측은 완치까지 한 달이란 시간이 소요될 것으로 예상되며 할 수 있는 모든 걸 동원해 정찬열 선수의 재활을 도울 것이라 밝혔습니다.]

* * *

찬열은 본가로 들어갔다. 재활을 해야 되는 입장에서 혼자 지내는 건 좋지 않다는 부모님의 판단에서였다.
'가만히 있으면 아프지 않는데 골절상이라니…….'
침대에 누운 찬열은 생각할수록 황당한 부상에 얼굴을 일그러뜨렸다. 상체를 비틀지만 않으면 고통은 없다. 기침이나 숨을 크게 들이쉬면 통증이 있긴 하지만 심한 수준도 아니었다. 그런데도 구단에서는 절대 안정이란 명령을 내렸다. 엔트리에서도 말소가 됐다.

'제길…….'

조바심이 났다. 자신의 빈자리를 메울 누군가가 나타날 수 있다. 아니, 분명히 나타날 것이다. 박현우의 자리를 자신이 메웠듯이 말이다.

"후우—!"

마음이 답답해졌다. 몸을 좀 움직이고 싶었다. 절대 안정이란 말을 들었지만 당장의 답답함을 풀고 싶었다.

방을 나가려고 몸을 돌린 순간.

벽에 붙어 있는 포스터가 눈에 들어왔다.

조니 벤치의 것이었다. 그가 미국에서 했던 말이 떠올랐다.

"야구 선수에게 부상은 필연이야. 부상을 당하지 않고 경력을 끝낼 수 있다는 건 행운이다. 퍼펙트게임이나 사이클링 홈런보다 더 어려운 일이지. 나 역시 현역 시절에 큰 부상을 입었다. 당시에는 지금처럼 의료기술이나 시스템이 체계화되기 전이었어. 부상을 입은 선수가 경기에 나가는 것도 당연하게 여기던 시기였지. 덕분에 난 이른 시기에 은퇴를 택할 수밖에 없었다. 야구에는 '만약에'라는 게 없지만 그 시기로 돌아갈 수 있다면 부상을 입었을 때 푹 쉴 거다. 마치 야구를 하지 않는 것처럼 말이야!"

마치 지금 상황을 예견한 듯한 조니의 말이었다. 또한 찬열도 거기에 동의했다.

'나 역시 부상을 입었을 때 조바심을 가지고 다시 경기에 나섰다. 그게 큰 실수라는 걸 알고 있었는데도……'

회귀를 하고 약 2년이란 시간이 흘렀다. 미국에서의 힘들었던 기억이 하나둘 사라지기에 충분한 시간이었다.

'핑계에 불과하다. 그 힘든 시절을 잊다니.'

찬열은 굳은 얼굴로 자책을 했다.

딸칵―!

방을 나간 찬열은 곧장 주방으로 걸어가 우유를 들이켰다. 차가운 걸 마시자 정신이 번쩍 들었다.

'쉬자. 자리를 뺏기면 다시 빼앗으면 된다. 몸이 건강하면 모든 게 가능하다. 일단은 상처를 완전히 회복하자.'

* * *

전반기가 끝났다. 와이번스는 라이온즈를 2 대 1로 누르고 위닝시리즈를 만들었다. 1위로 전반기를 마감한 와이번스는 휴식에 들어갔다. 그사이 잠실구장에서는 2007년 프로야구 올스타전이 열렸다. 최고의 스타들을 보기 위해 잠실구장에는 많은 사람이 찾았다.

경기 전 많은 행사가 이어졌다. 퍼펙트 피처, 홈런레이스 등 볼거리들이 관중들 앞에서 펼쳐졌다.

[올해 홈런레이스 우승은 박대수 선수가 가져갑니다!]

[좋은 플레이였습니다. 하지만 조금 아쉬움이 있네요. 작년 우승자인 정찬열 선수가 참가를 했다면 분명 더 재밌는 승부가 됐을 텐데요.]

관중들도 아쉬워하긴 마찬가지였다. 팬 투표 1위의 선수가 올스타전에 불참하는 건 이례적이었다. KBO에서도 와이번스에 공식 문서를 보낼 정도로 찬열의 참가를 희망했다.

하지만 와이번스는 끝까지 거부했다. 그렇다고 해도 협회의 이야기를 무시할 순 없었다. 그래서.

[올스타전의 시작을 앞두고 시구가 진행되겠습니다! 오늘 시구를 해주실 분은 최근 인기가 대단하죠? 걸그룹 러브 걸의 제니입니다!]

"와아아아아아!"

마치 군부대를 연상케 하는 남자들의 함성 소리가 터져 나왔다.

[정말 대단한 인기네요! 오늘 시타에도 특별한 분이 나오셨습니다. 바로 괴물 타자! 홈런 1위를 달리고 있는 인천 와이번스의 정찬열 선수입니다!]

"꺄아아아아악!"

"찬열 오빠!!!"

이번에는 여자들의 비명에 가까운 함성이 터졌다. 상반된 반응을 받으며 등장한 두 사람이 관중석에 인사를 했다. 반응이 조금 잠잠해지자 사회자가 제니에게 다가갔다.

[제니 씨, 오늘 시구를 하게 됐는데 한 말씀 해주시죠.]

[이렇게 영광스런 자리에서 시구를 하게 되어 정말 기뻐요. 제대로 던지지 못해도 귀엽게 봐주세요!]

살짝 혀를 내미는 그녀의 모습에 남자들이 일제히 환호를 내질렀다. 한쪽에서는 러브 걸의 메인 타이틀곡을 부르는 이들도 있었다.

[다음으로 넘어가요.]

사회자는 이어링에서 들려오는 PD의 말에 재빨리 마이크를 잡았다.

[자~ 그럼 시구를…….]

진행을 하려는 그때였다.

"우우우우우!"

"찬열 오빠는 왜 인터뷰 안 하냐?!"

"치사하다!"

"인터뷰! 인터뷰!"

여성 팬들이 일제히 야유를 쏟아냈다. 이어서 마치 콘서트장처럼 떼창이 이어졌다.

사회자는 당황했다. 통상적으로 시구 시타를 진행할 때 시구자의 인터뷰는 하지만 시타자는 하지 않는다.

예외가 있기는 하지만 극히 드물다. 그리고 오늘은 시타 인터뷰가 예정되어 있지 않았다.

방송국의 사정도 있기에 사전 행사는 최대한 줄였다. 그랬기에 사회자는 이러지도 저러지도 못했다.

그때 구원 줄과도 같은 목소리가 이어링을 통해 전해져왔다.

[인터뷰 진행해!]

PD의 결정이다.

사회자는 다급히 타석으로 달려갔다.

[열화와 같은 성원에 힘입어 정찬열 선수의 한마디도 듣도록 하죠!]

마이크를 건네는 사회자를 보며 찬열이 당황스런 표정을 지었다. 사전에 이런 말이 없었기 때문이다. 하지만 사회자가 빨리 마이크를 받으라는 제스처를 하자 급하게 마이크를 잡았다.

그러자 관중석이 조용해졌다. 찬열은 무슨 말을 할까 고민했다. 준비가 전혀 되어 있지 않아 머리가 백지였다. 그때 관중석에 있는 플래카드가 눈에 들어왔다.

[우리의 슈퍼스타 정찬열!]

[찬열 오빠, 빨리 복귀해 주세요!]

[사랑해요, 정찬열!]

자신이 참가하지 않는데도 플래카드가 보였다. 그 모습을 보자 가슴이 찡했다. 그리고 하고 싶은 말들이 떠올랐다.

[오늘 이렇게 많은 분 앞에 서게 되어 영광입니다. 언제나 절 응원해 주시는 팬들에게 좋지 않은 소식을 전해 드렸습니다. 죄송합니다.]

찬열이 고개를 숙였다. 원래의 자세로 돌아온 그가 다시 입을 열었다.

[제가 해드릴 수 있는 건 부상 이전의 모습을 보여주는 것이라 생각합니다. 반드시 예전의 모습 그대로 돌아와서 좋은 플레이로 여러분의 성원에 보답하겠습니다. 감사합니다!]

짝짝짝짝─!

"정찬열! 정찬열! 정찬열!"

박수와 함께 관중들이 그의 이름을 외쳤다. 경기장이 떠내려갈 거 같은 함성에 찬열이 모자를 벗어 일일이 인사를 했다. 덕분에 시구 진행이 지연됐다.

[이 장면 베스트야! 내버려 둬. 제니 씨에게 가서 양해를 구하고, 카메라! 정찬열이를 쪄어!]

PD가 발 빠르게 움직였다. 오늘 올스타전에서 가장 좋은 장면이라고 판단한 것이다. 오더를 받은 사회자는 발 빠르게 제니에게 다가갔다.

"제니 씨, 미안하지만 조금 딜레이됐어요. 금방 속행할 테니까……."

"저기……."

"네?"

"제가 야구를 자주 안 봐서 그러는데, 원래 팬들이 이렇게 야구 선수의 이름을 떼창처럼 외쳐 주나요?"

질문의 의도를 몰라 의아해하던 사회자가 이내 사실대로 말해주었다.

"이런 케이스는 잘 없어요. 그것도 국내 리그에서 뛰고 있는 선수라면 더더욱 없죠. 아무리 잘하는 선수라도 자기 팀의 선수가 아니라면 적이잖아요? 그래서 이런 모습은 어림도 없죠."

"그렇죠?"

"네, 게다가 올스타전은 모든 팀의 팬이 모이는 자리인데. 지금 보세요. 거의 대부분의 관중이 자리에서 일어나서 박수를 치고 있잖아요. 제가 야구 사회를 꽤 오래 했는데, 이런 모습은 정말 처음이에요."

제니가 작게 고개를 끄덕였다. 그녀 역시 처음이다. 단독 콘서트라면 모를까 여러 팀의 팬이 모인 곳에서 이런 환호가 터져 나온다? 어림도 없는 일이다. 그렇지만 왠지 이해가 됐다.

'방금 전에 찬열 씨의 목소리에는 진심이 담겨 있었어.'

발라드를 부르는 가수는 많다. 하지만 그 노래를 듣고 눈물을 흘리게 만들 수 있는 사람은 소수에 불과하다. 이유는 바로 소리에 감정을 담아야 하기 때문이다. 그건 기교로 할 수 없다. 선천적으로 타고나야 한다. 아니면 정말 진심으로 그것을 생각하든지.

방금 전 찬열의 목소리는 후자였다. 진심으로 팬들에게 미안하고 감사의 마음을 목소리에 담아 이야기했다. 그래서 관중들이 감동을 받은 것이다.

'대단한 사람이야.'

그사이 찬열의 인사가 끝났다.

[진행해!]

이어링을 통해 전해 오는 PD의 말에 사회자가 다시 마이크를 잡았다.

[진심이 담긴 정찬열 선수의 인사 잘 들었습니다. 그럼 시구 행사를 시작하겠습니다! 제니 씨, 멋지게 던져 주세요!]

고개를 끄덕인 제니가 마운드 위에 섰다. 그 모습을 본 관중들이 의아한 표정을 지었다.

찬열 역시 마찬가지였다. 보통 여자들의 시구는 마운드보다 앞에서 이루어진다. 홈 플레이트까지 거리가 멀어 마운드에서 던지면 보통 여자의 열에 아홉은 미트까지 던지지 못하기 때문이다.

하지만 사회자는 이미 사전에 이야기가 끝난 듯 조금 떨어져서 그녀를 바라봤다. 마운드에 선 그녀가 부드러운 와인드업과 함께 있는 힘껏 공을 뿌렸다.

빡-!

"오오오오!"

관중석에서 일제히 탄성이 터졌다. 찬열 역시 놀라서 한참 뒤에나 배트를 돌렸다. 그만큼 빠르고 날카로운 공이었다.

[대단한 공입니다! 멋진 시구를 보여주신 제니 씨와 시타를 맡아 준 정찬열 선수에게 박수 부탁합니다!]

짝짝짝짝-!

"잘했다!"

"나이스 볼이다!"

"우리 팀에 와서 공 좀 던져 줘!"

찬열은 놀란 얼굴로 제니와 함께 더그아웃으로 걸어갔다.

"오늘 공 어땠어요?"

"정말 놀랐어요. 일주일 전까지만 하더라도 10m도 못 던졌는데 갑자기 18m라니……."

"헤헤, 찬열 씨가 잘 알려준 덕분이에요! 그 새도 피칭이란 걸 틈틈이 했거든요. 그랬더니 공 속도가 팍! 늘어났어요."

선뜻 이해할 수 없었다. 새도 피칭이 투구의 기본이고 열심히 하면 공의 구속이 늘어난다고는 하지만 이 정도까지 발전할 줄이야?

"그리고 프로선수에게 개인 레슨도 받았어요."

"오, 정말요? 현역이에요?"

"네, 찬열……."

"제니야! 빨리 가야 돼!"

그때 한 남자가 다가왔다.

매니저였다. 시간이 오버되서 그런지 거칠게 그녀의 팔을 잡고 끌어당겼다.

"아, 찬열 씨! 다음에 또 봐요!"

"아, 예."

제대로 인사도 하지 못하고 멀어져 가는 제니를 보며 찬열이 아쉬운 표정을 지었다.

'뭐, 다른 세상을 살아가는 사람이니까.'

연예인이란 직업이 바쁜 걸 알기에 찬열은 이해하고 걸음을 옮겼다. 그런 그에게 김영재가 다가왔다.

"찬열 씨, 멋진 시타였습니다."

"하하, 부끄럽네요."

"아닙니다. 무엇보다 소감을 말씀하실 때는 감동적이었습니다."

부끄럽다는 듯 머리를 긁는 찬열을 보며 김영재가 웃었다.

"가면서 이야기하죠."

"네."

두 사람이 지정석으로 향했다.

"지금 인터넷 반응이 매우 뜨겁습니다. 1위가 시구자인 제니 씨가 아니라 찬열 씨예요."

"정말요?"

"각종 팬 사이트에서도 찬열 씨에 대한 글로 도배가 되고 있습니다. 정말 멋진 이야기였습니다."

지정석에 도착한 두 사람은 한참 동안이나 인터뷰에 관한 이야기를 했다. 한참 이야기를 하고 있을 때였다.

"저기……."

한 여성이 조심스럽게 다가왔다. 젊은 여성이었는데 그녀의 손에는 포장이 된 상자가 들려 있었다. 두 사람의 시선이 자신에게 집중되자 여인은 포장된 상자를 찬열에게 내밀었다.

"이거 받아주세요! 정찬열 선수가 오늘 오신다고 해서 준비했어요!"

"아, 고맙습니다."

찬열이 상자를 받자 그녀는 용기가 다했는지 도망치듯 자신의 자리로 돌아갔다. 다소 어리둥절한 상황에 김영재가 호탕하게 웃었다.

"하하! 찬열 씨의 인기는 정말 대단하네요."

"선물 하나……."

"저…… 이것도 받아주세요!"

이번에는 근처에 있던 남자아이였다. 미리 준비한 게 아닌 듯 종이에 급하게 그려진 그림 한 장이었다. 남자가 방망이를 들고 있는 모습이었다. 그 남자가 누구인지는 두 사람 모두 쉽게 알 수 있었다.

바로 찬열의 등번호인 17번이 쓰여 있었기 때문이다. 그림을 받아 든 찬열은 진심으로 감동했다. 자신을 위해 그려 준 이 그림 하나가 매우 중요한 보물처럼 느껴졌다. 무언가 보답을 하고 싶었다.

"김 대표님, 혹시 야구공 가지고 계신 거 있나요?"

"야구공이요? 잠시만 기다려 주세요."

김영재가 구단 직원을 불러 무언가를 부탁했다.

잠시 후.

직원이 야구공 하나를 들고 돌아왔다.

"감사합니다."

공을 받은 찬열은 테이블에 놓여 있던 펜을 들었다.

"꼬마야, 이름이 뭐야?"

"연우…… 최연우요!"

"최, 연, 우."

야구공에 사인을 한 찬열이 그걸 최연우에게 내밀었다.

"그림을 그려 준 보답이야. 정말 소중하게 보관할게, 고마워."

"감사합니다!"

정말 기쁜 듯 환한 미소와 함께 고개를 숙인 최연우가 자신의 자리로 돌아갔다.

"좋은 선물을 받았네요."

김영재의 말에 찬열이 고개를 끄덕였다.

"예, 정말 좋은 선물을 받았습니다."

찬열은 자신의 손에 들린 그림을 한참이나 바라보았다.

올스타전이 끝나고 찬열은 집에서 휴식을 보냈다.

어머니가 해주시는 집밥을 먹으며 정말 오랜만에 푹 쉴 수 있었다. 중간중간 병원에 나가 정밀 진단을 받았다.

"회복이 빠른 편입니다. 이대로만 간다면 2주 안에 훈련을 시작하셔도 될 거 같습니다."

푹 쉰 덕분인지 회복이 빨랐다. 야구를 빨리 할 수 있다는 사실이 기뻤다.

하지만 마음이 편한 것만은 아니었다. 올스타 브레이크가 끝나고 후반기가 시작되자 와이번스는 거짓말처럼 연패에 빠졌다.

4경기를 치르면서 4패. 순식간에 1위에서 내려왔고 3위인 광주 타이거즈와 승차가 좁혀졌다.

"후우-!"

선수 한 명이 빠졌다고 해서 순위가 내려가진 않는다. 하지만 시기가 미묘했다. 그랬기에 찬열의 마음도 편하지 않았다.

'지금 내가 할 수 있는 건 쉬는 거다. 잘 쉬고 빠르게 회복해서 복귀를 해야 돼.'

그렇게 일주일이란 시간이 더 흘렀다. 그사이 와이번스는 4위까지 순위가 떨어졌다. 한번 연패의 늪에 빠지자 거기서 빠져나오지 못했다.

이럴 때는 분위기 반전을 해줄 선수가 필요했다. 하지만 지금 와이번스에는 그럴 선수가 없었다.

신경을 쓰지 않으려 했지만 복잡한 마음을 안고 찬열은 병원에 방문했다. 푹 쉰 덕분인지 더 이상 통증이 없었다. 그래서 일말의 기대를 가졌다.

검사가 끝나고 의사와 마주했다. 차트를 보던 의사가 만족스럽게 고개를 끄덕이며 말했다.

"아주 좋습니다. 완치됐어요."

"정말입니까?"

"예, 역시 운동선수라 그런지 회복력이 빠르네요. 예상보다 이르긴 하지만 운동을 시작하셔도 좋습니다."

"감사합니다!!"

미소를 짓는 의사를 뒤로하고 찬열은 곧장 구단으로 향했다. 가는 길에 김영재에게 전화를 하는 것도 잊지 않았다.

"김 대표님, 지금 병원에서 나오는 길입니다. 완치가 되었답니다."

[오! 정말입니까? 그럼 바로 훈련에 들어가야겠군요!]

"예, 일단 구단에 가서 향후 일정을 잡은 뒤에 연락드리도록 하겠습니다."

전화를 끊은 찬열은 곧 구장에 도착했다. 오늘은 경기가 없는 날이었기에 한산한 분위기였다.

찬열은 바로 감독실로 향했다. 월요일에도 이동건 감독은 사무실에 나와 일을 했기에 사무실에 있었다.

똑똑―!

"들어오세요."

허락이 떨어지자 문을 열었다.

"찬열아."

의외의 인물이 들어오자 이동건이 놀라며 자리에서 일어났다.

"불쑥 찾아와서 죄송합니다."

"아니야, 괜찮다."

이동건이 일어나며 자리를 권했다. 찬열이 앉자 이동건도 맞은편에 앉았다.

"무슨 일인데 연락도 없이 이렇게 찾아온 거냐?"

"오늘 검진을 받았습니다."

"그래?"

이동건의 얼굴에 일말의 기대감과 불안함이 공존하는 표정이 나타났다.

"선생님께서 완치라고 하시더군요."

"정말이냐? 이렇게 빨리?"

"예."

확실하게 대답을 들은 이동건이 환한 미소를 지었다.

"잘됐다! 정말 잘됐어."

"그래서 오늘부터라도 당장 훈련에 들어가고 싶어서 이렇게 불쑥 찾아오게 되었습니다."

"잘했다."

말을 멈춘 이동건이 잠시 생각을 하더니 입을 열었다.

"일단 오늘은 늦었으니 내일부터 구단에 나와서 체력부터 길러라. 그동안 운동을 하지 않아 체력이 많이 떨어졌을 거다."

"예."

그 뒤로 몇 가지 이야기를 더 하고는 사무실을 나왔다. 홀로 남게 된 이동건이 한숨을 내쉬었다.

"이제 숨이 좀 트이겠군."

그동안 남몰래 마음고생을 했던 이동건이다. 주전 선수, 그것도 팀의 중심인 4번 타자가 빠진다는 건 단순히 선수 한 명이 빠지는 게 아니었다. 그 이상의 보이지 않는 부분에서 전력의 약화가 일어날 수밖에 없었다.

특히 찬열은 모든 팀에서 경계하는 타자다. 그런 찬열이 빠짐으로써 상대팀에는 심적 압박이 덜하게 되었다. 문득 이동건이 허탈한 웃음을 흘렸다.

"허 참, 2년 차인 녀석에게 이 정도로 기대고 있었다니."

* * *

다음 날부터 찬열은 구단의 트레이닝 센터로 출근했다. 구단 트레이닝 센터다 보니 동료들과 필연적으로 마주치게 됐다.

"오~ 찬열이, 갈비뼈 다 나았다면서?"

"이제 곧 복귀하겠네? 다행이다!"

"어서 와서 홈런 좀 쳐 주라!"

만나는 동료들마다 진심으로 그의 복귀를 축하해 주었다.

찬열은 한결 편안해진 마음으로 재활을 시작했다.

"일단 떨어진 체력부터 올리는 게 급선무다. 체중도 7㎏ 가까이 불어났으니 식단 관리도 같이 들어가자."

"알겠습니다."

트레이닝 코치의 설명에 찬열도 동의했다. 부상을 회복하기 위해서는 무엇보다 먹는 게 중요했다. 그러다 보니 평소보다 더 잘 먹었다. 덕분에 지금은 초콜릿 같던 근육의 대부분은 사라졌고 아랫배도 조금 나왔다.

무엇보다 몸이 비대해져 움직임이 느려졌다. 이대로라면 공을 받을 때 둔한 움직임 때문에 에러를 범할 가능성이 높았다.

"일단 지금 상태부터 체크하자."

각종 테스트를 진행했다. 심폐능력, 근력, 유연성, 지구력 등 모든 부분에 있어 정밀하게 체크를 했다. 모든 테스트가 종료될 때는 하루 일과가 끝날 때쯤이었다.

"오늘은 늦었으니 그만 돌아가고 본격적인 훈련은 내일부터 하자. 그리고 이건 식단이니까 오늘 밤부터 관리 들어가고."

"알겠습니다."

집에 도착한 찬열은 오랜만에 땀을 흘려서 그런지 뻐근한 몸을 이끌고 침대에 누웠다.

몸이 무거웠다. 하지만 그 어느 때보다 마음은 편안했다. 그리고 얼마 가지 않아 고른 호흡 소리가 고요한 방 안을 울렸다.

* * *

다음 날부터 본격적인 훈련이 시작됐다.

체력을 올리는 것에 중점을 두고 스케줄이 짜여졌다.

"쉬는 동안 약 20퍼센트의 체력 손실이 있었다. 그것을 다시 끌어올리기 위해서는 빡세게 움직여야 돼!"

"예!"

러닝으로 몸을 달군 찬열은 오전 내내 체력 훈련으로 시간을 보냈다. 그리고 오후가 되자 타격 훈련에 들어갔다.

"쉬는 동안 타격감이 많이 떨어졌을 거다. 그걸 다시 찾는 것도 중요하다."

설명을 끝낸 코치가 피칭머신을 작동시켰다.

구속은 130㎞였다. 휴식기 동안 타격을 하지 않았기에 천천히 올릴 생각이었다. 사실 130㎞는 프로라면 누구나 칠 수 있다. 하지만 배트의 중심에 맞추고 좋은 타구를 날린다는 건 다른 의미였다. 지금 찬열에게 필요한 건 완벽한 타격감을 찾는 것이었다.

우웅-!

엔진이 돌아가는 소리가 들리더니 이내 야구공이 벨트를 타고 올라갔다.

피슝-!

머신의 입구를 통해 쏘아져 나간 야구공이 순식간에 홈 플레이트까지 도달했다.

그 순간 찬열의 배트가 매섭게 돌아갔다.

딱-!

"오……."

맞는 순간 코치가 감탄을 터뜨렸다. 그만큼 좋은 타구였다. 뒤이어 피칭머신이 연속해서 공을 토해냈다.

딱-! 딱-! 딱-!

그때마다 찬열의 배트도 무섭게 돌아갔다. 배트에 맞은 공들은 하나도 빠짐없이 매서운 속도로 날아갔다. 그 모습을 지켜보던 코치가 혀를 내둘렀다.

'쉬면서 배트 한 번 잡아보지 않았다는 녀석이 이 정도의 스윙이라니?'

130㎞는 더 이상 의미가 없었다. 코치는 140㎞, 150㎞까지 차례로 속도를 올렸다. 하지만 찬열의 스윙에는 망설임이 없었다. 150㎞의 공에는 몇 번 빗맞은 타구가 나오긴 했지만 전체적으로 부상 이전의 타격과 달라진 게 없었다.

'하체가 무척 안정적이다. 지지를 딱 해주니 밸런스가 깨질 리가 없어.'

찬열의 스윙을 본 코치가 내린 결론이다.

'도대체 어떻게 단련을 했으면 하체가 저렇게 되는 거지?'

겉으로 보기에도 단단한 찬열의 하체를 보며 코치는 고개를 절레절레 저었다.

* * *

2주 뒤. 트레이닝 코치는 찬열의 훈련이 끝났음을 이동건에게 전달했다. 생각보다 이른 시기에 끝났기에 이동건은 매우 반가워했다.

"제 생각이지만 바로 1군에 투입을 해도 괜찮을 거 같습니다."

"음……."

코치의 의견에 이동건은 바로 동의하지 못했다. 훈련에서 좋은 모습을 보였다고 해서 실전에서도 똑같을 거란 보장은 없었다.

복귀전을 치르는 선수였다. 조금이나마 심적 부담을 덜어 주고 싶었다.

"일단 2군에 가서 한 경기 정도 치르고 올라오는 게 좋을 것 같다."

함께 있던 찬열이 고개를 끄덕였다.

"알겠습니다."

"2군에는 내가 연락을 넣어둘 테니, 내일은 바로 송도구장으로 나가면 될 거다."

"예."

그렇게 찬열의 복귀전은 1군이 아닌 2군으로 결정됐다.

* * *

　찬열은 2군에 내려오는 게 처음이었다. 그래서 걱정했던 부분도 있다. 같은 야구를 하는 곳이지만 아무래도 분위기가 다르기 때문이다. 하지만 송도구장에 도착했을 때 그의 첫 느낌은 편하다는 것이었다.

　'마이너에서 오래 있어서 그런가?'

　1군의 화려한 경기장과 달리 2군의 경기장은 뭔가 아기자기한 분위기였다. 경기장의 규격이야 같았지만 시설은 전혀 달랐다.

　그때 찬열에게 한 남자가 다가왔다. 작은 키에 옆으로 퍼진 몸매였지만 눈빛만은 살아 있었다. 익숙한 얼굴이었다.

　2군 감독인 노영호였다.

　"감독님, 안녕하십니까?"

　"그래, 우리 이렇게 만나는 건 두 번째인가?"

　"예! 작년 연말 행사에서 뵈었습니다."

　"하하! 기억력이 좋군. 짧은 시간이지만 잘 부탁하네."

　"저야말로 잘 부탁드립니다."

　"씩씩해서 좋군. 그래, 부상은 다 치료가 된 건가?"

　"네, 완치 판정을 받았습니다."

　이런저런 이야기를 나누며 두 사람이 건물 안으로 들어갔다. 복도를 걷던 와중에 몇몇 선수와 마주쳤다.

"안녕하십니까?"

"그래, 이쪽은 잘 알지? 정찬열이."

"물론 잘 압니다."

찬열은 2군에서도 화제의 인물이었다. 데뷔 이래 성공 가
도를 달리고 있으니 모를 사람이 없었다. 그렇게 몇 번 더 선
수를 마주쳐 걸음을 멈췄을 때였다.

'어?'

한 선수가 다가왔다. 전체적으로 분위기는 어둡고 마른 체
형에 큰 키의 선수였다. 모자를 푹 눌러 쓰고 있었는데 어딘
가 익숙했다.

그때 노영호가 손을 들어 그를 불렀다.

"우기영!"

"예, 감독님."

힘없는 대답과 함께 그 사내가 다가왔다. 고개를 든 그와
눈이 마주쳤다. 찬열도 그리고 우기영도 놀란 얼굴로 서로를
쳐다봤다. 그걸 모르는지 노영호가 말했다.

"서로 잘 알지? 오늘 경기에서 호흡을 맞출 수도 있으니
이야기나 나눠."

그 말과 함께 노영호가 유유자적한 걸음으로 걸어갔다. 단
둘이 남게 된 두 사람의 사이에 어색한 분위기가 감돌았다.

먼저 말을 한 건 찬열이었다.

"오…… 오랜만이다."

"어, 그래. 부상은 다 나은 거냐?"

"응, 멀쩡히 다 나았다."

"다행이네."

그 말을 끝으로 두 사람 사이에 다시 정적이 흘렀다. 그렇게 오랜만에 만난 두 사람의 짧은 만남이 끝이 났다.

* * *

딱─!

"와아아아!"

경쾌한 소리와 함께 관중석에서 환호가 터져 나왔다. 그라운드를 도는 찬열을 바라보던 노영호가 호탕하게 웃으며 코치에게 말했다.

"허허! 이거 우리 경기에 이렇게 많은 관중이 찾아온 게 얼마 만이지?"

"글쎄요. 잘 기억도 나지 않습니다. 아마 없지 않았을까요?"

평소 2군 경기의 관중은 많아야 몇백 명 수준이다. 백 명이 채 되지 않을 때도 많았다. 그런데 오늘 경기에는 천 명이 넘는 관중이 찾아왔다. 평일 낮 경기인데도 말이다. 특히 여자 관중의 숫자가 월등히 많았다. 관중들의 관심과 응원이 찬열에게 집중이 됐지만 다른 선수들도 힘을 낼 수 있는 계기가 됐다. 덕분에 오늘 경기에서 좋은 플레이가 많이 나왔다.

"꺄아아아악!"

"찬열 오빠!"

찬열이 타석에 들어서자 여자 관중들의 비명과 환호가 연이어 터져 나왔다.

"자, 어디 천재의 타격을 한번 볼까?"

노영호가 관심 어린 시선으로 찬열의 모습을 지켜봤다.

퍽-!

"스트라이크!"

퍽-!

"볼!"

1볼 1스트라이크.

부상 이후의 복귀전이다 보니 찬열은 조금 조심스러웠다. 게다가 상대팀 투수의 정보가 거의 없었다. 그랬기에 눈에 공을 익힐 생각으로 기다렸다.

"후우-!"

타석에서 물러난 찬열이 깊게 숨을 내쉬었다. 그리고 다시 타석에 들어서자 그의 눈이 빛났다. 마운드 위의 투수는 순간 주눅이 들었지만 고개를 흔들며 잡념을 떨쳐냈다. 그리고

3구를 던졌다.

"흡!"

쐐액-!

매섭게 날아오던 공이 뚝 떨어졌다.

체인지업이었다. 이미 시동이 걸린 찬열의 스윙과는 속도의 차이가 있었다.

그 순간 찬열이 한쪽 무릎을 꿇으며 몸의 중심을 밑으로 이동했다. 하체의 힘을 포기한 것이다. 그리고 손목의 힘만 이용해 배트의 스윙을 가져갔다.

딱-!

경쾌한 소리가 그라운드에 울렸다. 높게 떠오른 공을 따라가던 우익수는 이내 쫓아가는 걸 포기했다. 그리고 공은 그대로 담장 밖으로 넘어갔다.

그 모습을 보던 노영호가 허탈한 웃음을 흘렸다.

'하체가 무너진 상황에서 체인지업을 손목의 힘만으로 담장 밖으로 넘겨 버리다니.'

눈으로 보고도 믿기지 않는 일이었다. 그의 시선이 그라운드를 도는 찬열을 쫓았다.

'정말 대단한 녀석이군.'

이날 찬열은 홈런 2방을 포함, 도합 4안타, 7타점을 올리며 완벽한 복귀전을 치렀다.

다음 날.

찬열은 2군 경기장에 일찌감치 출근했다.

어젯밤 이동건에게서 연락이 왔다. 1군 합류를 3일 뒤로 결정했다는 소식을 전해 주었다. 그러면서 원정경기보다는 홈경기에 복귀를 하는 것이 더 좋을 것 같다는 이유도 설명해 주었다.

아무래도 원정보다는 홈에서의 경기가 선수에게는 더 편했다. 심적 부담을 최대한 덜어주려는 이동건의 배려가 느껴졌다. 그랬기에 찬열은 마음 편하게 2군에서 기다리기로 했다.

누구보다 빨리 트레이닝 센터에서 운동을 시작한 찬열은 러닝으로 몸을 풀었다.

러닝은 모든 운동의 기본이었다. 이건 어느 나라를 가더라도 마찬가지였다. 미국에서도 러닝만큼은 철저하게 가르치는 편이었다.

점점 속도를 높여 달리자 센터의 정적이 깨지기 시작했다. 그의 몸이 점점 땀에 젖어갈 때쯤.

선수들이 하나둘 센터로 들어섰다. 그들은 이른 시간부터 운동을 하고 있는 찬열을 보고는 놀랐다.

'지금 시간이 몇 신데…….'

1군의 평균 경기 시간은 저녁 6시 30분이다. 그래서 대부분의 1군 선수들은 2군에 오더라도 다른 이들보다 늦게 경기장에 나온다. 생활리듬이 다르기 때문이다.

그런데 찬열은 2군 선수인 자신들보다 더 빨리 나왔다. 하지만 놀라는 건 거기서 끝이 아니었다.

"안녕하세요!"

러닝을 끝낸 찬열이 선수들에게 깍듯이 인사를 하고는 곧장 근육 운동을 시작했다. 특히 하체 운동을 할 때는 선수들의 입이 쩍 벌어질 지경이었다.

"와~ 저게 도대체 몇 키로냐?"

"데드리프트를 저렇게까지 할 수 있는 거야?"

"저 허벅지 봐라. 완전 말이다, 말!"

"괜히 40홈런을 때린 게 아니네."

모여서 찬열을 구경하는 선수들 사이에는 우기영도 있었다. 굳은 얼굴로 찬열을 바라보던 그는 이내 몸을 돌려 러닝머신에서 달리기 시작했다.

'60분, 속도는 8이었지.'

찬열의 러닝머신 정보를 떠올리며 우기영이 서서히 달렸다.

* * *

퍽-!

"스트라이크! 아웃!"

"오오오오!"

"벌써 7개째 탈삼진이다."

"저 녀석 오늘 왜 저래?!"

와이번스 더그아웃이 술렁였다. 그들의 시선은 마운드 위에 서 있는 투수에게 향해 있었다.

이원찬.

올해 27살의 선발투수다. 1군 경력은 거의 없는 그저 그런 투수다. 우완 정통파지만 구속이 빠르지 않았다. 하지만 다양한 구종을 보유하고 있어 맞춰 잡는 피칭을 하는 투수였다.

그런데 오늘은 벌써 7개의 탈삼진을 기록했다. 평소와 달라진 것도 없었다. 최고 구속은 140㎞대 초반이었고 구위가 특별나게 좋아진 것도 아니었다.

한 가지 달라진 점은 바로.

'포수의 리드가 기막혔다.'

2군 감독 노영호의 시선이 캐처 박스에 있는 찬열에게 향했다.

'마치 노련한 포수를 보는 거 같아. 이제 21살인 녀석이 저런 식으로 리드를 할 수 있다니.'

대부분의 포수는 어떤 투수가 나오든 리드 스타일을 크게 바꾸지 않는다.

하지만 찬열은 아니었다.

'어제는 공격적인 리드를 했었다. 하지만 오늘은 유인구를 적절하게 사용하면서 타자의 배트를 이끌어내고 있어.'

이는 투수의 성향을 파악했다고 봐야 했다.

'놀랍군. 곧 1군에 콜업이 될 게 분명한 투수가 2군의 경기를 중요하게 생각해서 파트너에 대한 정보를 파악하다니 말이야.'

1군에서라면 놀라운 일이 아니다.

하지만 여기는 2군이다. 주전 선수들에게는 그저 잠시 쉬어가는 곳이었다. 그렇기 때문에 경기를 하더라도 전력으로 하는 선수는 거의 없었다.

찬열은 달랐다. 어제와 오늘, 고작 이틀이지만 그가 경기에 임하는 자세는 무척 진지했다. 또한 자신을 보기 위해 2군 경기장을 찾아준 팬들에게 역시 진심을 다해 대해 주었다.

'녀석을 보고 몇몇 선수도 마음가짐을 바꾸기 시작했지.'

특히 젊은 선수들의 자세가 달라졌다. 또래의 찬열이 열심히 하는 모습에 자극을 받은 것이다.

'가장 눈빛이 달라진 건 바로 이 녀석이지.'

노영호의 시선이 선수 명단으로 향했다. 많은 선수 중 한 선수의 이름이 눈에 들어왔다.

퍽-!

"스트라이크! 아웃!"

순식간에 쓰리아웃이 되었다.

5이닝 무실점 8탈삼진.

아주 좋은 투구였다. 하지만 평소의 맞춰 잡는 피칭이 아니었기에 투수를 교체해야 했다.

5회 말 공격은 삼자범퇴로 마무리됐다.

노영호는 곧장 투수를 교체했다.

"우기영이를 올려."

"알겠습니다."

마스크를 챙기던 찬열은 그 소리를 듣고 불펜을 바라봤다. 거기서는 연락을 받은 우기영이 문을 열고 나오는 게 보였다.

'흠.'

근 2년 만에 다시 만나는 것이다. 하지만 두 사람의 위치는 완전히 변해 있었다. 예전에는 같은 국가대표였지만 한 명은 KBO 최고의 선수, 또 다른 한 명은 2군의 그저 그런 투수 중 한 명이었다.

캐처 박스에 앉은 찬열이 미트를 내밀었다. 와인드업을 한 우기영은 특유의 사이드암 포지션에서 공을 뿌렸다.

퍽—!

미트에 박히는 느낌이 나쁘지 않았다. 구속이 조금 떨어진 느낌이지만 그렇다고 아주 나쁜 것도 아니었다. 특히 좌완 사이드암이라는 특이성이 있었다. 원 포인트 릴리스로는 적합한 타입이었다.

'하지만 1군에서의 경험은 거의 없지.'

의아한 기분이 들었지만 깊게 생각하진 않았다. 곧 알게 될 테니 말이다.

연습 투구가 끝나고 타자가 들어왔다.

"플레이볼!"

구심의 외침과 함께 경기가 재개됐다.

* * *

찬열은 오늘 경기에서도 1홈런을 포함, 3안타 1볼넷을 얻어 전 타석 출루를 이어갔다. 이틀간 출루율이 백 퍼센트였으니 타격 감각은 완전하다고 볼 수 있었다.

와이번스 역시 승리했다.

7 대 0.

완벽한 스코어였다. 선발 이원찬의 5이닝 무실점도 대단했지만 우기영의 2이닝 무실점 역시 인상적이었다.

이원찬과 달리 우기영은 단 한 번도 삼진을 잡지 못했다. 하지만 12개의 공으로 6명의 타자를 돌려세웠다. 그래서 노영호는 경기가 끝난 후 우기영을 불러 따로 칭찬을 했다.

그만큼 오늘 우기영은 대단한 피칭을 한 것이다.

찬열도 새삼 우기영에 대해 놀라고 있었다.

'대표팀 때와는 완전히 달라졌던데.'

자신과 매번 트러블을 일으키던 우기영이다. 그런데 오늘은 자신의 리드를 잘 따라주었다. 한 번도 고개를 젓지 않았고 의문을 갖지도 않았다. 포수의 입장에서는 투수가 자신을 믿어준다는 생각이 들기 때문에 매우 기쁜 일이었다.

하지만 경기가 끝난 뒤에는 우기영과 한 마디도 하지 못했다. 그리고 그건 찬열이 2군을 떠날 때까지 똑같았다.

"짧은 시간이었지만 너와 함께 야구를 할 수 있어서 즐거웠다. 부상 조심하고 1군에서의 활약 지켜보도록 하마."

"감사합니다. 감독님."

짧은 시간이었지만 2군에서의 시간은 무척 편했다. 찬열은 노영호와 인사를 하고는 2군 경기장을 떠났다.

4장

찬열, 돌아오다

후반기가 시작되고 한 달이 지났다.

그사이 문학구장은 전반기와 달리 침울한 분위기로 바뀌어 있었다. 최근 팀의 성적이 좋지 않았기 때문이다.

전반기에는 밥 먹듯이 했던 1만 명 이상의 관중 수는 후반기 들어 한 번도 기록하지 못했다. 최근에는 외야 관중석이 텅텅 빌 정도로 경기장을 찾는 관중이 적었다.

하지만 오늘은 달랐다. 엔트리가 발표되면서 순식간에 경기장의 모든 좌석이 매진이 됐다. 후반기 들어 첫 만원 관중이었다. 이렇게 많은 관중을 찾아오게 만든 건 두 가지 이유였다.

하나는 주말 경기라는 점. 그리고 다른 하나는 바로 정찬열의 복귀였다. 한 달이란 공백이 있었지만 여전히 홈런 랭킹 3위에 랭크되어 있는 괴력의 사나이. 불과 2년 만에 KBO의 최고 타자에 오른 선수를 보기 위해 관중들이 벌 떼같이 몰려들었다.

한편 찬열은 일찌감치 출근해 훈련을 끝낸 뒤 감독실에 앉아 있었다. 그를 바라보던 이동건이 바로 본론을 꺼냈다.

"오늘 경기에서는 포수가 아니라 지명타자로 출전하게 될거다. 복귀전이니만큼 체력 소모가 심한 포수보다는 타격에만 전념했으면 해서 그런 거다."

"예."

간결하게 대답하는 찬열의 모습에서는 반발심이나 실망하는 기색은 보이지 않았다. 마치 당연하다는 듯 고개를 끄덕였다. 그런 찬열의 모습이 기특했다.

'억대 연봉에 스타플레이어가 됐음에도 여전하군.'

대부분의 어린 선수들은 스타플레이어가 되는 순간 변한다. 주변에서 워낙 잘한다, 잘한다 이야기를 해주기 때문에 어깨에 힘이 들어가고 말이나 행동이 거만해진다. 그래서 감독이나 코치들, 그리고 다른 동료 선수들과 트러블이 생기기도 했다.

한데 찬열은 전혀 아니었다. 데뷔 때와 마찬가지로 누구보다 일찍 구장에 나와 운동을 한다. 초심을 잃지 않았다는 게 눈에 보였다.

"오늘 경기 잘해보자."

"예, 앞으로 잘 부탁드리겠습니다."

인사를 한 찬열이 감독실을 나왔다. 라커룸에 도착하자 기다리던 동료들이 그를 맞이했다.

가장 먼저 다가온 건 박현우였다.

"그동안 고생했다."

"감사합니다, 선배님."

"부상이란 게 원래 갑자기 오는 거다."

"그냥 액땜했다고 생각해."

"그나저나 이 녀석 터미네이터 아니야? 뼈에 금이 갔는데 뭐 벌써 복귀해?"

동료들은 제각각의 스타일대로 그를 맞이했다. 다소 짓궂은 말도 있었지만 그 역시 찬열을 걱정했기에 할 수 있는 말이었다. 찬열은 그런 동료들의 환영을 받으며 1군에 복귀했다는 걸 실감했다.

* * *

[와이번스 시작이 무척 좋습니다. 윤정길 선수가 삼자범퇴로 1회 초를 가볍게 막았습니다.]

[윤정길 선수의 컨디션이 좋아 보입니다. 싱커가 꺾이는 것이 예술이더군요.]

[사실 와이번스는 최근 하락세이긴 하지만 마운드에는 별다른 문제가 없지 않았습니까?]

[맞습니다. 와이번스의 가장 큰 문제는 타격입니다. 최근 들어 팀 타율이 뚝 떨어졌습니다. 홈런 수 역시 7개로 같은 기간 8개 팀 중 최하위에 랭크되어 있죠.]

그것을 증명하듯 와이번스의 테이블세터인 김대우와 이성훈이 삼진과 땅볼로 타석에서 물러났다. 하지만 3번 타자인 김상필이 우익수 앞에 떨어지는 안타를 만들어냈다.

[2사에서 터진 김상필 선수의 단타, 그리고 타석에는 복귀전을 치르게 되는 정찬열 선수가 들어섭니다.]

"와아아아아!"

찬열이 타석으로 걸어 나오자 관중석에서 환호가 터져 나왔다.

[대단한 인기입니다.]

[오늘 정찬열 선수의 복귀가 확정이 되면서 순식간에 표가 매진이 됐을 정도니까요.]

가볍게 스윙을 한 뒤 찬열이 타석에 섰다. 그의 상대는 우완 정통파의 서울 베어스의 핀치였다. 큰 키에서 뿜어내는 패스트볼과 떨어지는 체인지업이 일품인 선수였다.

"후우-!"

깊게 숨을 내쉰 찬열이 핀치의 와인드업에 박자를 맞췄다.

높은 타점에서 공을 놓자 빠른 속도로 공이 날아왔다. 하지만 찬열은 배트를 내밀지 않았다.

그 순간 공이 뚝 떨어져 원바운드가 되면서 미트에 박혔다.

[초구 변화구를 선택합니다.]

[아무래도 정찬열 선수이기 때문일까요? 정면승부를 좋아하는 핀치 선수인데 초구를 체인지업을 택합니다.]

[정찬열 선수도 잘 참아냈습니다.]

[맞습니다. 오랜만의 1군 복귀전인데도 무척이나 좋은 선구안을 보여줍니다.]

[핀치 선수 2구 던집니다.]

"흡!"

있는 힘을 다해 공을 뿌렸다. 매서운 속도로 날아오는 공에 찬열의 허리가 회전을 했다.

딱-!

경쾌한 소리와 함께 공이 라인드라이브로 날아갔다.

김상필은 공의 코스를 확인하고 빠르게 스타트를 걸었다.

퍽-!

[그대로 담장을 맞고 튀어나온 공! 아, 굉장한 바운드로 파울라인 밖으로 튕겨져 나갑니다!]

[워낙 타구가 강해서 수비수가 예측한 바운드가 아닌 전혀 다른 바운드가 일어났어요!]

[공을 잡으러 가는 사이 김상필 선수 여유롭게 홈인! 정찬열 선수도 2루를 돕니다! 3루로 전력질주!]

[아~ 이건 너무 여유롭네요. 3루에 서서 들어갑니다. 무척 빠른 발입니다!]

[복귀 첫 타석에서 3루타를 터뜨리는 정찬열 선수입니다!]

화려한 복귀전의 스타트였다.

선취점을 뽑았지만 후속타가 터지지 않았다.

다시 경기는 투수전 양상이 되었다. 1회에 실점을 하긴 했지만 핀치는 바로 냉정을 찾고 본인의 피칭을 보여주었다.

덕분에 3회까지 추가점이 나오지 않았다.

윤정길 역시 최고의 피칭으로 상대 타자를 요리했다.

4회 말.

관중석의 분위기가 다시 뜨거워졌다.

[선두타자로 나온 김상필 선수, 평범한 플라이로 물러납니다. 그리고 타석에 오늘 복귀전에서 3루타를 터뜨린 정찬열 선수가 들어섭니다.]

[정말 멋진 스윙이었습니다. 2군에서도 좋은 모습을 보여주었다기에 기대를 했는데 여전하더군요.]

찬열의 복귀는 수많은 사람의 관심거리였다. 야구 관계자들 역시 마찬가지였다. 복귀 첫 타석에서 보여준 3루타는 그들의 기대감을 더욱 증폭시켰다.

"정찬열! 정찬열! 정찬열!"

문학구장을 가득 메운 관중들이 일제히 그의 이름을 연호했다. 그 모습을 지켜보는 이동건은 약간의 걱정을 했다.

응원은 양날의 검이다. 선수에게 큰 힘이 될 때도 있지만 부담이 되기도 한다. 이렇게 많은 관중의 응원이라면 더더욱 말이다.

이동건은 타석에 들어서는 찬열을 바라봤다. 그리고 허탈한 웃음을 흘렸다.

'내가 녀석을 과소평가했군.'

타석에 선 찬열은 투수에게 집중하고 있었다. 마치 응원 소리는 들리지 않는다는 듯 두 눈은 투수를 주시했다. 멀리 떨어져 있는데도 그의 집중력이 느껴질 정도였다. 아직까지도 마음 속 한구석에 찬열을 2년 차라고 생각하는 마음이 있었나 싶었다.

이동건이 그런 생각을 하는 사이. 핀치와 베어스의 포수 방현덕이 사인을 교환했다.

'바깥쪽 슬라이더.'

사인을 받은 핀치가 고개를 저었다. 방현덕은 인상을 쓰며

다시 한 번 사인을 냈다.

'바깥쪽에서 떨어지는 커브.'

이번에도 고개가 돌아갔다. 사인 교환이 길어지자 찬열의 머리가 빠르게 회전했다.

'교환이 맞지 않는다. 평소 핀치의 성향은 공격적인 피칭, 하지만 오늘 경기에서는 대부분 초구에 변화구가 들어왔다.'

첫 타석에서 던졌던 공 역시 체인지업이었다.

'그렇다면 이번 타석에서도 초구 변화구를 요구했을 가능성이 크다. 내가 초구에 배트를 돌리지 않았으니까.'

투수와 포수의 성향은 완전히 일치할 수 없다. 특히 외국인 투수와의 호흡이 맞으려면 오랜 시간이 걸린다.

문제는 서울 베어스의 안방마님 역할을 하는 방현덕이 마스크를 쓴 게 고작 2달밖에 되지 않았다는 점이다. 완벽한 호흡을 자랑하기에는 짧은 시간이었다.

'초구는 노린다.'

핀치를 노려보는 찬열의 눈이 빛났다. 사인 교환을 끝낸 그가 투수판을 밟았다.

와인드업과 함께 공을 뿌렸다.

"흡!"

쐐액-!

몸 쪽 코스임을 확인한 찬열이 발을 내디뎠다.

'확률은 반반!'

틀리더라도 두 번의 기회가 더 있다. 망설일 게 없었다.

후웅—!

강력한 힙 턴과 함께 둔근과 허벅지의 근육들이 꿈틀거렸다. 하체가 정면을 본 순간 모든 상체회전이 시작됐다.

부앙—!

딱—!

[쳤습니다! 갑니다~! 어디까지?! 어디까지?! 넘어갔습니다! 전광판을 그대로 때리는 큼직한 홈런이 터집니다!]

[완벽히 노렸어요. 스윙을 하는 데 망설임이 없었습니다. 노리던 코스에 정확히 공이 들어온 거죠! 대단합니다!]

찬열은 포심 패스트볼을 노렸다. 그리고 적중했다. 이렇게까지 잘 맞은 타구는 정말 오랜만이었다.

[정찬열 선수는 이번 홈런으로 시즌 30호를 기록하게 되었습니다. 2년 연속 30홈런을 기록한…… 어?]

"오오오오!"

그때 관중석에서 감탄이 터져 나왔다. 캐스터는 고개를 내밀어 관중들이 바라보는 곳으로 시선을 옮겼다.

[아~ 전광판의 일부가 불이 꺼졌습니다! 전광판 파괴 홈런입니다!]

[와…… 이건 뭐, 말이 필요 없네요. 야구를 오래 해왔지만 이런 모습은 처음 봅니다. 메이저리그에서는 이런 일이 있었나요?]

[KBO에서는 몇몇 선수가 전광판을 때리는 홈런을 치긴 했습니다만 지금처럼 전광판의 불을 꺼버리는 홈런은 처음 있는 일입니다.]

전광판을 때리기 위해서는 비거리가 120m가 넘어야 된다.

대부분의 타구는 그 정도까지 날아가면 힘이 떨어진다. 그래서 맞더라도 전광판이 부서지지는 않는다. 한데 찬열은 아예 전광판을 부숴 버린 것이다.

[그런데 이렇게 전광판을 부수면 누가 수리비를 내는 거죠?]

[글쎄요. 알아봐야겠습니다만 구단에서 지불하지 않을까요? 소속 선수가 그런 건데 말이죠.]

[하하! 와이번스 구단 직원분들의 표정이 볼만하겠군요.]

사무실에서 중계를 보던 이진구 단장이 호탕하게 웃었다.

"볼만하긴 무슨! 저런 홈런을 만들어냈으면 당연히 좋아해야지. 그렇지 않나?"

"맞습니다."

"정말 대단한 홈런이었습니다."

그의 말에 다른 임원들이 고개를 끄덕였다.

이진구는 만족스럽게 웃으며 전화기의 단축 번호를 눌렀다.

"아, 업체 쪽 사람에게 전화해서 바로 전광판 수리하도록 해요. 경기에 지장이 없도록."

[알겠습니다.]

전광판에는 보험이 들어 있다. 그렇기에 구단이 부담해야 될 돈은 극히 일부였다.

'정찬열! 역시 스타가 될 녀석이었어!'

더그아웃에 들어가는 찬열이 TV에 나오자 입단 협상에서의 일이 떠올랐다. 이제 갓 입단하는 병아리가 단장인 자신의 앞에서 당당하게 이야기하는 모습, 그걸 보고 이진구는 그가 크게 될 것임을 직감했었다. 그리고 그 직감은 정확히 적중했다.

'더더욱 크게 성장하시게.'

경기는 바로 재개됐다. 전광판이 부서지긴 했지만 경기에는 큰 영향이 없었기 때문이다.

퍽-!

"볼!"

퍽-!

"볼!"

하지만 핀치는 큰 영향을 받은 듯했다. 제구가 무너지면서 투수 코치가 마운드를 방문했다. 그러나 이후에도 볼넷을 연발하며 결국 아웃 카운트를 추가하지 못한 채 1, 2루 상황에서 마운드를 내려왔다.

[전광판 파괴 홈런의 영향이 컸나 봅니다. 핀치 선수 제구력을 회복하지 못하고 결국 마운드에서 물러납니다.]

핀치가 물러나자 와이번스의 공격이 본격적으로 터지기

시작했다.

* * *

1. 정찬열 전광판 홈런
2. 야구장 전광판
3. 야구장 전광판 파괴

이혜성은 실시간으로 인터넷을 확인하며 반응을 보고 있었다.

"이야~ 실검 1위부터 5위까지 찬열 씨가 다 먹었네."

대단한 이슈였다. 커뮤니티 사이트에서도 찬열의 전광판 홈런에 대한 이야기로 도배가 됐다. 대부분이 놀랍다는 반응이었다.

"복귀하자마자 이런 활약이라니. 정말 대단하다, 대단해."

이혜성의 시선이 사무실에 설치된 TV로 향했다. 박빙의 경기는 그 홈런 한 방으로 기울었다.

핀치가 내려간 뒤에 베어스의 중계 투수들은 제대로 와이번스의 타선을 막지 못했다. 순식간에 스코어는 5 대 0으로까지 벌어졌다. 그리고 6회 말. 다시 한 번 찬열이 타석에 들어섰다.

[첫 타석 3루타, 두 번째 타석 홈런을 터뜨린 정찬열 선수가 2사 주자 없는 상황에서 세 번째 타석을 맞이합니다.]

[음, 지금 보니 정찬열 선수 또다시 대기록에 도전할 수 있겠군요.]

[아-! 그렇군요. 사이클링 히트에서 가장 어렵다는 3루타, 그리고 홈런을 기록했으니······.]

[안타와 2루타만 추가하면 2년 연속 사이클링 히트를 작성하게 됩니다.]

캐스터가 침을 꿀꺽 삼켰다.

이를 인지한 건 그들만이 아니었다. 인터넷에서는 홈런이 나올 때부터 몇몇 사람이 사이클링 히트가 나오는 거 아니냐며 이야기했다.

[KBO 역사에서 2년 연속 사이클링 히트를 기록한 선수는 단 한 명도 없었습니다.]

대기록을 달성할 기회가 찾아왔다. 역사적인 순간을 직접 볼 수 있기에 관중들은 그 어느 때보다 반응이 뜨거웠다.

TV 중계 역시 마찬가지였다.

찬열의 소식이 전해지면서 수많은 사람이 TV 앞에 앉았다. 올해부터 실시된 인터넷 중계 역시 최고 시청자 수를 기록 중이었다. 전국의 야구팬들이 찬열을 주시했다.

"후우-!"

깊게 한숨을 내쉬고 타석에 선 찬열이 정신을 집중했다.

주변의 소리들이 하나둘 사라졌다. 타격에만 집중할 수 있는 현재의 환경은 한곳에만 집중할 수 있게 해주었다.

퍽—!

"볼!"

초구는 볼이었다. 떨어지는 변화구에 찬열은 미동도 하지 않았다. 공이 날아오는 순간부터 회전과 흔들림이 눈에 보여 속을 수가 없었다.

퍽—!

"볼!"

2구 역시 볼.

딱—!

"파울!"

3구는 3루 라인을 벗어나는 파울이었다.

'핀치의 구속보다 느리다. 배트 스피드를 낮춰야 돼.'

현재 그의 감각은 핀치의 속도에 맞춰져 있었다. 타석에서 벗어나 가볍게 배트를 돌려 속도를 체크했다. 그리고 다시 타석에 선 찬열이 집중력을 끌어올렸다.

부상을 당해 쉰 덕분인지 집중이 잘됐다. 주변의 모든 사물이 순식간에 사라지고 투수와 자신만이 남게 됐다. 이내 투수조차 사라지면서 투수의 손을 떠난 공만이 눈에 들어왔다.

좌악—!

스파이크가 땅에 박히며 흙먼지가 튀었다. 동시에 힙 턴이 되었고 모든 힘을 집중시켜 상체의 회전을 이어갔다. 배트와 공이 임팩트하는 순간 모든 힘을 집중시켜 그대로 배트를 밀어냈다.

따악—!

[또 갑니다! 다시 한 번! 넘어! 갑니다! 연타석 홈런을 터뜨리는 정찬열 선수입니다!]

* * *

경기는 완전히 기울었다.

베어스의 더그아웃 분위기는 가라앉았고 와이번스는 기세가 올랐다. 중반을 넘어 7회로 접어들자 이동건 감독은 고민에 빠졌다.

바로 찬열의 교체였다. 이미 이동건은 7회 초 수비부터 베테랑 선수들을 모두 교체시켰다. 신인급 선수들에게 기회를 준 것이다.

찬열 역시 교체하는 게 맞았다. 화려한 복귀전을 치르고 있지만 오랜만의 경기다. 또한 시즌도 많이 남았다. 이럴 때 체력을 비축해 두는 게 옳은 일이었다.

하지만.

'사이클링 히트는 물 건너갔지만 연타석 홈런 기록이 이어지고 있다.'

이동건은 팀을 우선시하는 감독이다. 그렇다고 선수의 성적을 무시하지도 않았다. 그 역시 현역이던 시절이 있었기에 선수들의 마음을 잘 알고 있었다.

'일단 지켜보자.'

이렇게 페이스가 좋을 때는 지켜보는 선택도 나쁘지 않았다.

8회 말. 스코어는 어느덧 6 대 0이 되었다.

경기 후반, 이 정도의 스코어라면 관중들은 하나둘 자리를 떠난다.

하지만 오늘은 아니었다.

아주 극소수의 관중을 제외하고는 모두 자리를 지키고 있었다. 그들의 관심사는 경기의 승패가 아니었다.

과연 정찬열이 어디까지 보여줄 것인가?

그리고 무엇을 보여줄 것인가?

모두의 기대를 받으며 찬열은 무사 1루 상황에서 타석으로 들어섰다.

[화려한 복귀전을 치르고 있는 정찬열 선수가 타석에 들어섭니다. 현재까지 3타수 3안타 2홈런 5타점을 기록 중입니다.]

[타순으로 봤을 때 이번 타석이 마지막으로 보이는데요.]

[과연 정찬열 선수 오늘 어디까지 보여줄지 기대됩니다.]

찬열이 타석에 섰다.

그의 존재감은 대단했다. 2년 차라고는 믿기지 않는 압박감이 투수의 어깨를 짓눌렀다. 그래서일까?

퍽―!

"볼!"

연달아 던진 세 개의 공이 모두 스트라이크존을 벗어났다.

[아~ 고의사구인가요?]

캐스터가 안타까운 목소리를 냈다. 관중석에서도 야유가 터져 나왔다.

그 순간 베어스의 투수 양정우가 4구를 뿌렸다.

퍽―!

"스트라이크!"

[한가운데 꽂히는 스트라이크!]

[매우 위력적인 공입니다.]

[고의사구가 아니었나 보군요?]

[점수 차가 많이 나는 상황입니다. 굳이 고의사구 작전을 내서 선수들의 사기를 떨어뜨릴 필요가 없습니다.]

[그렇군요.]

딱―!

"파울!"

[5구! 백네트를 흔드는 파울이 나옵니다.]

[타이밍은 좋았습니다. 하지만 정찬열 선수의 배트가 살짝 밀렸어요.]

[양정우 선수는 올해 고졸 신인으로 베어스에 입단한 선수입니다. 140㎞ 중후반의 빠른 공을 던지는 투수죠.]

[매우 인상적인 피칭입니다. 리그 최고의 타자인 정찬열 선수에게 정면승부를 하다니 배짱도 두둑하네요.]

타석에서 양정우를 노려보는 찬열이 숨을 깊게 내쉬었다.

"후우-!"

'좋은 공이다. 묵직해. 제대로 팔로스로를 하지 않으면 내가 밀린다.'

양정우가 6구를 뿌렸다. 동시에 찬열의 회전이 시작됐다.

배트와 날아오는 공이 정확히 부딪혔다.

힘과 힘의 싸움.

손에서 느껴지는 충격에 이를 꽉 다문 찬열이 그대로 팔을 밀어냈다.

딱-!

높게 떠오른 공이 그대로 담장 밖으로 사라졌다.

[또다시 넘겨 버리는 정찬열 선수! 3연타석 홈런을 기록합니다!]

[팔로스로를 끝까지 하면서 힘으로 날려 버렸어요. 정말 대단한 힘입니다. 하지만 양정우 선수도 무척 좋은 피칭을 해주었습니다.

앞으로 기대해야 될 선수로 보입니다.]

그라운드를 도는 찬열에게 팬들의 환호가 쏟아졌다.

찬열은 자신의 손에 남은 울림을 느끼며 내야를 돌았다.

경기는 와이번스의 승리로 끝났다.

찬열은 수훈선수로 뽑혀 인터뷰를 위해 대기했다. 그런 찬열에게 윤주희가 다가왔다.

"오늘 정말 멋졌어요!"

"감사합니다."

"인터넷 반응도 장난 아니던데요? 최고의 복귀전이라면서 칭찬이 자자해요. 실검 1위부터 5위까지 찬열 씨 관련 검색어고요!"

마치 자신이 이룬 것처럼 윤주희는 진심으로 축하해 주었다.

눈을 반짝이며 자신을 올려다보는 그녀가 무척이나 귀엽게 느껴졌다.

그때 윤주희가 고개를 한쪽으로 기울며 물었다.

"찬열 씨는 스물한 살이죠?"

"예? 예. 모르셨어요?"

"아뇨, 알고 있었는데 가끔 저보다 나이가 많다는 느낌을 받아서요."

"제가요?"

"네, 이유는 모르겠는데 행동이나 말투가 그 또래의 것이 아니에요."

뜨끔했다. 나이는 21살이 맞다. 하지만 회귀 전까지 합치면 서른이 넘는다. 그러다 보니 연상인 윤주희를 어린 동생 보듯 한 경우가 있다.

"제가 좀 애늙은이란 소리를 듣습니다."

윤주희가 뭐라 이야기를 하려는 순간, 피디가 사인을 보냈다. 인터뷰에 들어갈 타이밍이었다.

"흠흠, 나중에 이야기해요."

준비를 하는 윤주희의 모습에 찬열은 남몰래 안도의 한숨을 내쉬었다.

5장

괴물 정찬열!

[정찬열 충격의 복귀전! 4타수 4안타 3홈런 7타점!]

[괴물 정찬열이 돌아왔다!]

[자신의 건재함을 알린 정찬열의 복귀!]

모든 신문과 스포츠기사에 찬열의 이름이 1면을 차지했다. 그만큼 그의 복귀전 임팩트는 대단했다.

하지만 그건 시작에 불과했다.

딱-!

[간다! 간다! 간다!]

특유의 라인드라이브 타구가 순식간에 담장을 넘어갔다. 숨이 넘어갈 것 같은 캐스터가 마지막 비명을 내질렀다.

[호오오오오런! 우익수가 추격을 포기하게 만드는 엄청난 타구가 그대로 담장을 넘겨 버립니다! 정찬열 선수 7회에 본인의 33호 홈런을 터뜨립니다!]

[팀에게 필요한 순간에 터진 홈런입니다.]

[이걸로 정찬열 선수는 복귀 이후 2경기 만에 4개의 홈런을 기록합니다. 또한 홈런 순위는 공동 2위까지 오르게 됩니다!]

현재 1위는 37홈런을 기록하고 있는 박대수다. 전반기 페이스가 워낙 좋았기에 한 달의 공백이 있었음에도 박대수와의 차이는 크지 않았다. 몇몇 전문가는 박대수의 최근 페이스도 좋기에 찬열이 2년 연속 홈런왕을 차지하는 건 무리지 않겠나? 라는 의견을 내놓았다.

하지만 그걸 비웃기라도 하듯 찬열은 복귀 직후 4홈런을 기록했다. 1경기에 1홈런만 치더라도 정말 대단한 페이스라고 한다.

그런데 2경기에 4홈런이다. 경악스런 성적이었다.

그러나 다음 날 또다시 놀라운 일이 벌어졌다.

[1사 1, 2루의 상황. 와이번스는 1회부터 매우 좋은 기회를 잡습니다. 타석에는 4번 타자 정찬열 선수가 들어섭니다.]

와이번스와 이글스의 대결.

상대는 KBO의 또 다른 괴물 류성일이었다. 그 역시 2년 차 징크스를 걱정했던 전문가들의 예상을 깨고 매우 좋은 성적을 이어가고 있었다. 특히 써클 체인지업을 장착한 이후 한 단계 발전했다는 평가를 많이 받았다.

하지만 오늘은 조금 달랐다.

'체인지업이 흔들리고 있다.'

찬열은 냉정하게 류성일의 상태를 살폈다.

'성훈 형이랑 상필 선배에게 던졌던 체인지업이 모두 밋밋하게 떨어졌다.'

체인지업은 양날의 검이다. 제대로 던질 수 있다면 좋은 무기가 된다. 하지만 어설프게 던진다면? 그냥 속도가 느린 직구에 불과했다.

'체인지업은 던지지 않을 거다.'

베테랑 포수 박종식은 분명 패턴을 바꿀 거다. 그렇다면 초구에 어떤 공이 올까?

찬열은 구종을 압축했다.

'체인지업을 노릴 거라 판단하고 떨어지는 변화구를 던질 가능성이 높다. 류성일이 던질 수 있는 떨어지는 변화구는?'

커브와 포크볼 정도가 있다. 두 가지로 압축한 찬열이 생각을 정리했다.

'패스트볼을 중점으로 변화구에 대처한다.'

결론을 내리고 집중력을 끌어올렸다. 한 달간의 공백으로 인해 체력적인 부담감이 줄어들었다. 또한 복귀 이후 꾸준히 지명타자로 출전 중이다. 그래서인지 체력의 여유가 느껴졌다. 시즌 전 체력 보강에 중점을 뒀던 것도 큰 역할을 했다.

"후우-!"

짧게 호흡을 내뱉은 찬열의 눈에 퀵모션과 함께 공을 뿌리는 류성일이 보였다. 특유의 투구 폼 덕분에 힙 턴이 이루어 졌지만 여전히 공은 보이지 않았다.

하지만 그것도 영원할 순 없었다. 팔꿈치가 돌아가면서 공이 모습을 드러냈다. 정확한 릴리스 포인트에서 놓은 공이 매서운 속도로 날아왔다.

'보인다.'

공의 회전이 보였다. 실밥이 역회전을 하면서 날아왔다.

포심 패스트볼.

찬열의 배트가 나아갔다.

딱-!

경쾌한 소리와 함께 공이 3루수 방향으로 날아갔다.

[당겨 친 타구! 무섭게 날아갑니다! 좌익수가 미처 따라가기도 전에 담장을 넘깁니다!]

[엄청난 속도로군요!]

[1회 쓰리런을 터뜨리는 정찬열! 이걸로 3경기 연속 홈런을 기록합니다!]

찬열의 홈런레이스는 거기서 끝이 아니었다.

다음 날.

따악-!

[떨어지는 커브를 올려친 정찬열! 이번에도 넘어갑니다! 4경기 연속 홈런입니다!]

딱-!

[큽니다! 갑니다! 어디까지?! 담장 밖까지! 갔습니다!]

[오늘로 5경기 연속 홈런입니다. 과연 정찬열 선수의 끝은 어디까지일까요?]

[이로써 정찬열 선수는 한국 신기록인 6경기 연속 홈런까지 단한 개만을 남겨놓게 되었습니다! 리그 홈런 1위인 박대수 선수와는 격차를 3개로 좁힙니다!]

찬열의 활약에 야구팬은 열광했다. 부상의 공백으로 50홈런이 불가능할 것이란 의견이 지배적이었다. 하지만 복귀 이후 보여준 괴물 같은 페이스는 50홈런 그 이상을 노려볼 수 있는 수치였다.

또한 한국 신기록 타이까지 노리는 상황이었다. 와이번스의 팬이 아니더라도 찬열의 행보에 관심을 가질 수밖에 없었다. 이러한 변화는 본인이 가장 잘 느꼈다.

"정찬열 선수! 오늘 경기에서 홈런을 때리면 한국 신기록 타이까지 이루게 됩니다! 알고 계십니까?"

"부상 복귀 이후 어려움을 겪을 거란 전문가들의 의견이 있었는데요. 오히려 더 좋은 모습을 보여주고 있습니다. 비결이 무엇입니까?"

경기장에 들어오면서부터 수많은 기자가 달려들었다. 쏟아지는 질문 세례에서 난감해하고 있을 때 이혜성이 다가와 찬열을 에스코트해 주었다.

"기자님들, 구단에서 따로 자리를 마련하도록 하겠습니다."

"한 마디만 해주세요!"

"질문 하나에만 답변해 주십시오!"

끈질긴 기자들을 뿌리치고 찬열과 이혜성은 겨우 사무실로 들어갔다. 한숨을 돌리며 이혜성이 이마에 난 땀을 소매로 닦았다.

"후우-! 장난 아니네요."

"이거 참, 이렇게까지 기자가 몰리는 건 처음인 거 같습니다."

이혜성이 혀를 내두르며 말을 이었다.

"일단 기자들은 구단에서 최대한 막아보도록 하겠습니다. 평소대로 하시면 되지만 간혹 기자가 오더라도 짜증 내지는 말아주세요."

간혹 인터뷰를 집요하게 하는 기자들에게 짜증을 내는 선수들도 있었다. 사람인지라 어쩔 수 없었다. 하지만 구단의 입장에서는 난감했다. 기자 역시 사람이고 자신에게 짜증을 냈던 선수의 기사를 제대로 써 줄 리 없었다. 혹여나 약점이라도 잡히면 무슨 일을 할지 모른다. 그걸 알기에 따로 찬열에게 당부를 한 것이다.

"알겠습니다."

간단하게 대답한 찬열은 곧장 훈련에 들어갔다. 그 역시 한국 신기록에 대해 신경을 쓰고 있었다. 길을 걷다 만나는 사람마다 신기록에 대해 언급을 한다. TV를 틀면 공중파에서까지 그의 기록에 대해서 말하고 있었다. 모른다는 게 오히려 이상했다.

하지만 이상하게도 마음은 편했다. 분명 과거에는 상상도 할 수 없는 일들이었다. 억대 연봉을 받고 리그 MVP가 되며 한국 신기록을 달성할 수 있는 문턱까지 올라오다니?

'예전이라면 심장이 벌렁벌렁 뛰었을 텐데.'

사실 변한 건 주변의 상황만이 아니다.

찬열 역시 많은 게 변했다. 회귀 전에 당했던 부상도 없었고 훈련의 강도나 질이 달라졌다. 예전처럼 돈이 없어 걱정을 하지도 않았고 경기 출전에 대한 스트레스도 없었다. 거의 모든 문제가 사라지면서 야구에만 전념할 수 있었다.

특히 신체의 발전은 회귀 전과는 비교도 할 수 없을 정도로 좋아졌다.

심신 일원론이라는 말이 있다. 몸과 정신은 하나라는 뜻이다. 몸이 건강해지면 정신이 강해지고 정신이 강해지면 몸역시 건강해진다는 이론이다.

찬열의 육체는 그 어느 때보다 좋은 상황이었다. 육체가 강해지면서 정신적으로도 안정감을 유지할 수 있게 됐다. 덕분에 이런 큰일을 앞두고서도 평정심을 가질 수 있었다.

하지만 그런 전문적인 지식이 없는 찬열은 지금 자신이 할수 있는 훈련에 열중했다.

* * *

경기는 박빙으로 이어졌다.

이글스의 선발투수 마크의 호투, 와이번스의 선발투수 토마스의 호투.

두 외국인 투수의 화려한 투수전에 관중은 열광했다.

그사이 찬열은 2개의 안타를 때려냈다. 모두 펜스를 다이렉트로 때리는 타구들이었다. 넘어갈 것 같으면서도 넘어가지 않는 타구에 관중들이 탄성을 내질렀다.

[오늘 홈런을 추가하면 한국 신기록과 타이를 이루게 되는 정찬열 선수인데요. 아쉽게도 2개의 잘 맞은 타구가 펜스 직격을 하면서

홈런으로 이어지진 않았습니다.]

[타격 자체는 나쁘지 않습니다. 오히려 너무 잘 맞아 특유의 라인드라이브 타구가 많이 만들어지고 있습니다.]

따−!

[빗맞은 타구, 3루수 잡아 1루에 송구합니다. 아웃입니다.]

[박현우 선수는 체력이 많이 떨어졌다는 게 느껴집니다. 최근 타격을 하면서 헤드업이 되고 있어요. 아무래도 시즌 후반에 접어들면서 체력적인 부담이 늘어나는 것 같습니다.]

박현우의 성적은 곤두박질치고 있었다.

체력적인 한계가 온 것이다. 한여름에 포수는 정말 극심한 체력 소모를 겪는다. 야구는 밤에 하지만 낮 동안 그라운드는 햇빛을 그대로 받는다. 밤이 되더라도 지열은 여전한 데다가 조명의 열도 무시할 수 없었다.

나이가 많은 박현우는 다른 이들보다 더 많은 체력 소모가 있을 수밖에 없었다. 힘겨워하는 박현우를 바라보며 이동건은 불편한 마음을 숨길 수 없었다.

경기는 빠르게 진행됐다. 양 팀 모두 실점 없이 6회 말에 접어들었다.

따−!

[좌중간을 가르는 안타! 김대우 선수 2루까지 달립니다! 가볍게 세이프!]

오랜만에 안타가 나왔다.

관중석이 술렁이기 시작했다. 안타가 나온 것도 이유지만 이번 이닝에 찬열에게 기회가 돌아갈 수도 있기 때문이었다. 그리고 이성훈은 관중들의 기대에 부응했다.

딱-!

[기습번트! 3루수 대시하며 공을 잡아 1루에 던집니다! 세이프! 세이프입니다!]

[재치 있는 플레이였어요. 설마 2구에 기습번트를 댈 줄 몰랐던 3루수가 잔디 뒤에서 수비를 하고 있었습니다.]

[1사 1, 3루의 찬스! 그리고 타석에는 3번 김상필 선수가 들어섭니다!]

김상필은 매우 침착하게 대응을 했다. 흔들리는 마크의 공을 굳이 칠 이유가 없었기에 신중하게 공을 바라봤다.

그리고.

퍽-!

"볼!"

베이스 온 볼이 나왔다.

"와아아아!"

관중들의 환호가 1루로 걸어가는 김상필에게 쏟아졌다. 그리고 이어서 타석에 들어서는 찬열에게 관심이 집중됐다.

[1사 만루의 좋은 찬스에서 정찬열 선수가 타석에 들어섭니다!]

"정찬열! 정찬열! 정찬열!"

[문학구장을 찾은 와이번스의 팬들이 일제히 그의 이름을 연호하고 있습니다! 대단한 응원입니다!]

찬스와 위기.

서로 다른 입장에서 두 선수가 맞붙었다.

사인을 교환한 마크가 와인드업을 했다.

주자는 만루다.

더 이상 물러날 곳은 없었다.

"흐앗!"

괴성에 가까운 외침과 함께 공을 뿌렸다.

딱-!

배트가 초구부터 매섭게 돌았다. 하지만 공은 라인 밖으로 날아갔다.

[초구 강타! 파울입니다. 아~ 정찬열 선수 배트가 부러졌네요.]

[마크 선수의 컷 패스트볼이 무척 위력적입니다.]

컷 패스트볼.

일명 커터라고 불리는 공이다.

슬라이더처럼 횡으로 휜다. 하지만 구속이 빠르고 각도는 짧게 꺾였다. 무엇보다 홈 플레이트 앞에서 변화를 일으킨다.

타자가 패스트볼이 판단하고 배트를 돌렸을 때는 공이 도망가거나 몸 쪽으로 파고든다.

마크는 좌완이다. 그가 던지는 커터는 우타자인 찬열의 몸 쪽으로 파고든다.

그렇게 파고든 공은 손잡이 부근에 맞는다.

배트가 잘 부러지는 이유였다.

미국에서는 이 커터를 매우 잘 이용한다. 뉴욕 양키즈의 수호신 마리아노 리베라의 주 무기 역시 이 커터였다.

하지만 한국에서 커터를 던지는 선수는 극히 적다. 커터를 잘 던지는 외국인 선수가 국내에서 성공하는 이유 중 하나였다.

포수는 다시 한 번 커터의 사인을 냈다.

마크 역시 원하던 바였다. 자신의 커터는 트리플A에서도 통하던 녀석이다. 그러한 자신감을 가지고 마크는 전력을 다해 팔을 뿌렸다.

쐐애애액―!

날카로운 소리를 내며 날아오는 공에 찬열이 배트를 돌렸다.

마크는 몰랐다. 찬열 역시 마이너리그의 경험이 있다는 것을. 그리고 그에게 커터는 미지의 공이 아니라 익숙한 공에 불과했다.

꺾이는 궤적을 확인한 찬열이 팔을 옆구리에 붙이며 그대로 스윙을 했다.

따악―!

[큽니다! 가느냐?! 넘어가느냐?!]

좌익수 쪽 관중석에 앉아 있던 사람들이 일제히 일어났다.

높은 하늘에서 서서히 떨어지는 공을 잡기 위해 관중들이 손을 뻗었다.

[넘어갔습니다! 정찬열 선수! 연속경기 홈런 한국 신기록과 타이를 이룹니다!]

[커터를 당겨 쳐 그대로 담장을 넘겨 버렸어요. 정말 대단한 힘입니다!]

그라운드를 도는 찬열을 보며 마크는 고개를 떨어뜨렸다.

* * *

[인천 와이번스의 정찬열 선수가 대전 이글스와의 경기에서 홈런을 기록하며 복귀 이후 6경기 연속 홈런 행진을 이어갔습니다.]

본래 야구 소식은 스포츠뉴스에서 따로 다룬다. 하지만 찬열의 한국 신기록 소식은 본 뉴스에서 방영을 했다. 그만큼 대중의 관심이 높다는 증거였다.

찬열의 부모님은 TV 앞에 앉아 뉴스에서 나오는 아들의 활약상에 눈시울을 붉혔다.

"여보……."

김미숙이 조심스레 정기홍을 불렀다. 감정이 복받친 정기홍은 대답 대신 고개만 끄덕였다. 한국에서 뉴스에 나올 수 있는 방법은 둘 중 하나다.

대단한 일을 하거나 대단한 사고를 치거나.

찬열은 전자였다. 그런 아들이 자랑스럽지 않을 부모는 세상천지에 없었다.

'아들아, 네가 자랑스럽다.'

* * *

YJ 매니지먼트의 전화기가 불이 났다.

"네네, 아, 광고 제의요? 네, 일단 연락처를 남겨 주시면……."

"네, 스폰서 제의요? 정찬열 선수와 상의를 하고……."

"야구용품을 지원해 주신다고요? 네, 일단 회의를 한 뒤에 연락을 드리겠습니다."

밤이 늦은 시간이지만 직원들은 전화를 받느라 정신이 없었다.

김영재 역시 마찬가지였다.

"예예, 부장님, 알고 있습니다. 예, 일단 정 선수와 이야기를 나눠 보고 연락을 드리도록 하겠습니다. 예, 들어가십시오."

개인 핸드폰에까지 걸려오는 전화에 김영재는 식은땀을 흘렸다.

'신기록이란 게 좋긴 좋군. 어제까지만 하더라도 이 정도는 아니었는데……'

5경기 연속 홈런을 기록할 때도 모델 제의나 스폰서 제의는 자주 있었다. 하지만 6경기 연속 홈런을 기록하자마자 사무실 전화에 불이 나기 시작했다. 매력적인 제안을 해오는 곳만 하더라도 얼추 30곳이 넘었다.

"일거리가 폭발하는군."

김영재는 즐거운 미소를 지었다.

그때 그의 핸드폰이 다시 울렸다.

업무로 돌아가야 될 때였다.

* * *

이제 한국 야구계의 관심사는 찬열의 다음 기록이었다.

과연 한국 신기록을 갱신할 수 있느냐에 모든 관심이 모였다. 6경기 연속 홈런은 99년도에 작성된 기록이었다. 즉, 미지의 세계가 아니란 소리다.

하지만 이제부터는 미지의 세계다. 과연 8년 만에 그 기록이 깨질 것인지 사람들이 촉각을 곤두세웠다. 평소보다 많은 언론인과 카메라가 대구구장을 찾았다. 모두 찬열의 연속 홈런 기록을 기대하고 온 이들이었다. 하지만 경기장을 찾은 건 그들만이 아니었다.

"저기 시카고 스카우트 아니야?"

"맞는 거 같은데?"

한 외국인이 관중석에 등장하자 기자들이 술렁이기 시작했다.

바로 메이저리그인 시카고 컵스의 스카우트였다. 메이저리그의 각 팀에서는 세계 각지에 스카우트를 파견해 선수들을 관찰한다. 한국 역시 그중에 하나였다.

"어! 저 사람은 레드삭스 스카우트잖아?"

"저쪽은 다저스 스카우트다!"

그런데 경기장을 찾은 건 한 명이 아니었다. 국내에 거주하고 있는 대부분의 메이저리그 팀의 스카우트들이 경기장을 찾았다. 메이저리그만이 아니었다.

"요미우리 간부 아니야?"

"저쪽은 한신인 거 같은데?"

일본 구단에서는 아예 간부들을 이끌고 경기장을 찾았다. 그 모습을 보는 기자들은 직감했다.

'세계가 주시하고 있다.'

그때 와이번스 선수단이 그라운드에 나와 몸을 풀기 시작했다. 그중에는 찬열도 있었다. 기자들은 찬열을 보자마자 달려들었다. 인터뷰 하나라도 따기 위해서다. 그 모습을 바라보는 김태현은 혀를 내둘렀다.

"저렇게 많은 기자가 모이다니, 대단하네요."

"왜? 부럽냐?"

"당연히 부럽죠."

김태현은 자신의 생각을 솔직히 밝혔다.

"저도 꼭 저렇게 기자들 모아두고 인터뷰를 해볼 겁니다!"

"하하! 그래, 힘내라."

웃는 사이 기자들이 정리됐다.

곧 훈련이 시작됐고 관찰을 위해 나온 스카우트들이 매의 눈으로 찬열의 모습을 하나하나 살폈다. 하지만 찬열은 그런 이들의 시선을 무시한 채 평소와 같이 훈련에 열중했다.

* * *

[대구구장에 잠자리채가 재등장을 했네요.]

[설마 이런 장관을 또다시 보게 될 줄은 몰랐습니다.]

외야석에 앉아 있는 관중들의 손에는 잠자리채가 들려 있었다. 홈런 타구를 잡기 위해서다. 국내에는 야구 상품의 마켓이 제대로 형성되어 있지 않다.

하지만 기록과 관련된 물건이라면 이야기는 달라진다. 2003년 이승택의 아이사 신기록 홈런 볼이 56돈의 순금 황금 공과 바꾼 적이 있다.

같은 해 나온 이승택의 300호 홈런은 역대 가장 비싼 몸값인 1억 2,000만 원에 팔릴 정도로 엄청난 가치를 가지고 있었다. 그랬기에 관중들은 혹시나 하는 마음에 잠자리채까지 들고 나온 것이다.

[오늘 정찬열 선수는 마스크를 쓰고 경기에 나서는데요. 이 부분이 기록 달성에 영향을 끼치지는 않을까요?]

[아예 없다고는 할 수 없습니다. 그동안 지명타자로 출전했기에 체력적인 부담이 없었습니다. 그런데 포수로 출전을 하게 되면 아무래도 체력적인 부담이 있을 수밖에 없죠.]

[그렇군요.]

[하지만 최근 팀의 주전 포수를 맡았던 박현우 선수의 체력 저하가 심했었기에 팀을 위해서는 정찬열 선수가 마스크를 쓰는 게 맞습니다.]

[그렇다 하더라도 오늘 연속경기 홈런 기록이 불발로 돌아가면 아쉬울 것 같네요. 1회 초 와이번스의 공격으로 경기가 시작됩니다.]

벤치에 앉아 있는 찬열은 절반쯤 장비를 착용하고 있었다.

그런 찬열에게 박현우가 다가왔다.

"오랜만에 마스크 쓰는 건데 떨리지는 않냐?"

"떨리긴요. 원래 하던 일인데요."

대수롭지 않다는 듯 말하는 그의 모습에 박현우가 피식 웃었다.

"미안하다."

웃음을 지운 박현우가 진지한 목소리로 말했다.

"한창 페이스가 좋은 상황에서 마스크를 너에게 넘겨서 미안해."

박현우는 진심이었다. 자신이 짊어지기 어려운 짐을 후배에게 넘긴 것이 마음에 걸렸다. 하지만 찬열은 웃으며 대답했다.

"뭘 그런 걸로 그러십니까?"

"응?"

"마스크를 써서 체력이 떨어졌다고 홈런을 못 친다면 쓰기 전에 치면 되지 않습니까?"

"뭐?"

박현우가 황당한 표정을 지었다.

"그리고 전 원래 포수였습니다. 마스크 썼다고 홈런을 때리지 못하면 그게 제 실력인거죠."

딱—!

그때 경쾌한 소리가 그라운드를 울렸다.

안타였다.

그것을 본 찬열이 장비를 풀었다.

"제 타순까지 오려나 봅니다."

미소를 지어 보인 찬열이 배트를 쥐고 뒤쪽 빈 공간으로 이동했다. 그 모습을 지켜보던 박현우가 허탈한 미소를 지었다.

'오히려 위로를 받다니.'

박현우가 고개를 들어 그라운드를 바라봤다. 그곳을 바라보는 눈빛에는 많은 감정이 스치고 지나갔다.

퍽—!

"스트라이크! 아웃!"

[김상필 선수 슬라이더에 헛스윙 삼진입니다. 다음 타순은 4번 타자 정찬열 선수입니다!]

팬들의 응원을 등에 업고 타석에 선 찬열이 심호흡을 했다.

"후우—!"

박현우의 말이 떠올랐다.

고맙다는 말로밖에는 표현할 수 없는 선배다.

'난 후배에게 그런 말을 할 수 있을까?'

보통 용기로는 할 수 없는 말이었다.

그걸 알기에 박현우가 더욱 고마웠다.

'때린다.'

처음으로 욕심이 났다.

기록?

그것도 좋다. 하지만 자신을 응원해 주고, 위해 주는 사람들을 위해 때리고 싶었다.

퍽-!

"볼."

[초구는 볼입니다.]

[신중한 승부로군요. 아무래도 정찬열 선수와 정면승부를 하는 게 부담스러운가 봅니다.]

딱-!

2구에 찬열의 배트가 돌았다.

하지만 백네트를 흔드는 파울이 나왔다.

퍽-!

3구는 다시 볼.

2볼 1스트라이크가 됐다.

찬열은 잠시 타임을 걸고 타석에서 물러났다. 약간씩 타이밍이 어긋나고 있었다.

'왜지?'

혼란스러운 상황에 고개를 들었을 때, 더그아웃에서 자신을 향해 어깨를 들썩이는 박현우가 보였다.

'어깨에 힘이 들어갔다. 힘을 빼!'

제스처를 보고 그가 하고 싶은 말을 읽었다.

'그랬나?'

폼의 잘못은 본인이 모를 경우가 많았다.

찬열 역시 마찬가지였다. 어깨에 힘이 들어가면 스윙이 무뎌지고 당연히 좋은 타이밍에 타격을 할 수 없다.

"후우-!"

다시 한 번 숨을 내쉬어 긴장을 푼 찬열이 타석에 섰다.

'1구는 패스트볼이었다. 2구는 슬라이더, 3구는 다시 패스트볼.'

차근차근 앞의 상황을 떠올렸다.

'오늘 던진 17개의 공 중 패스트볼은 7개였다. 처음에는 많이 던졌지만 제구가 잡히지 않자 개수를 줄였다.'

그럼 어떤 공을 가장 많이 던졌을까?

힌트는 김상필의 타석에 있었다. 그것을 떠올리는 순간 투수가 투수판을 밟았다.

찬열은 정신을 집중했다.

"흡!"

기합 소리와 함께 투수의 손을 떠난 공이 미트를 향해 날아왔다. 그 순간 찬열이 왼발을 홈 플레이트 가까이에 붙이면서 스윙을 시작했다.

'슬라이더!'

그의 노림수는 슬라이더였다. 그리고 그건 정확히 맞았다.

바깥으로 흘러나가는 공을 낚아채듯 배트가 때려냈다.

딱-!

"오오오오!"

관중이 일제히 감탄을 터뜨렸다.

[넘어가느냐?!]

[아~ 이건 넘어갔어요!]

캐스터와 해설위원이 동시에 말했다. 우익수 방면에 있는 관중들이 일제히 자리에서 일어나 잠자리채를 높게 들었다.

제발 걸려라!

한마음으로 빌었지만 그들의 기대는 와르르 무너졌다.

야구공이 그대로 밖으로 날아가 버린 것이다.

[넘어갔습니다! 7경기 연속 홈런은 관중석에 떨어지지 않고 장외로 넘어갔습니다!]

연속경기 아시아 신기록과 타이를 이루는 순간이었다.

* * *

"으하하하하! 이게 그 홈런 볼이란 말이지?"

7경기 연속 홈런 볼을 손에 든 이진구가 크게 기뻐했다. 그걸 가지고 온 건 운영 팀의 김종열 팀장이었다.

"저희 팀의 이혜성 대리란 친구가 우연하게 주차장에서 주은 겁니다."

"그렇군."

이진구 단장이 야구공을 내려놓았다.

김종열 팀장은 이야기를 이었다.

"그 친구가 홈런 볼을 정찬열 선수에게 돌려주겠다는 의사를 밝혀왔습니다."

"그래? 그거 참 고마운 일이군!"

역사적인 기록이 담긴 홈런 볼을 회수하는 건 어려웠다. 대부분의 습득자가 대가를 바라기 때문이다. 그냥 기증을 한다고 해도 구단으로서는 덥석 받을 수도 없었다. 여론의 압박이 있기 때문이다. 이래도 문제 저래도 문제였다. 그런데 구단 직원이 습득을 하면서 모든 게 해결됐다.

"그 친구가 대리를 단 지 얼마나 됐지?"

"올해로 2년째입니다."

"신경 좀 써주게."

"알겠습니다."

이진구는 다시 야구공으로 시선을 옮겼다. 한국 야구에서 인천 와이번스는 역사가 가장 짧은 팀이다. 그러다 보니 단장회의나 모임에 나가면 은연중에 무시를 당하기도 했다. 남모르게 속앓이를 해왔었다. 그런데 정찬열이 한국 신기록을 넘어 아시아 신기록과 타이를 이룬 것이다. 그 역사적인 공도 손에 들어왔으니 매우 기뻤다.

"이런 역사적인 일을 그냥 넘어갈 수 없지! 김 팀장, 어떻게 하면 좋을까?"

"제 생각에는……."

김종열은 미리 구상했던 내용들을 이야기했다.

"오! 그거 아주 좋은 생각이군. 바로 준비를 하게!"

"알겠습니다."

* * *

일본과 어깨를 나란히 한 신기록.

이제 사람들의 관심은 과연 정찬열이 아시아 신기록을 넘어 메이저리그 기록과 어깨를 나란히 할 것인지에 대해 집중됐다.

연속경기 홈런의 세계기록은 8개였다. 기록 달성자는 모두 메이저리그의 거포였다. 그들과 어깨를 나란히 한다는 건 분명 대단한 일이었다. 그리고 찬열은 그 기대에 부응했다.

딱─!

[아~ 넘어갔어요!!]

[중견수!! 펜스에 막혀 더 이상 가지 못합니다! 전광판의 상단에 맞고 튕겨져 나온 타구가 그라운드로 돌아옵니다!! 정찬열 선수도

다이아몬드를 돌아 집으로 돌아오고 있습니다!! 8경기 연속 홈런!! 아시아 신기록을 넘어 세계신기록과 어깨를 나란히 합니다!!]

목이 쉬는 건 아닐까 걱정될 정도로 격정에 찬 음성이 전국으로 방송됐다. 인터넷 역시 발칵 뒤집혔다.

-헐…… 설마 세계신기록이라니…….

-미쳤다, 미쳤어!

-약 한 거 아님?

-저게 어떻게 가능함?

각종 반응이 빠르게 올라왔다. 이틀 연속 포털 사이트에는 정찬열이란 이름이 실시간 검색어 1위를 차지했다.

국내만이 아니었다. 일본, 대만, 그리고 미국까지. 프로야구가 존재하는 나라에 정찬열이란 이름이 알려졌다. 특히 미국에서는 MLB.COM에 홈런을 치는 사진과 함께 기사가 올라갔다.

일본 역시 각종 스포츠신문과 일간지에 기사가 실렸다. 일본 구단은 발 빠르게 움직였다. 현재 한국에 파견된 직원이나 임원보다 더 높은 이들이 한국으로 출국했다. 메이저리그 구단들 역시 직접적인 움직임을 보이기 시작했다. 이제 모든 이의 시선은 새로운 세계신기록으로 향해 있었다. 바로 9경기 연속 홈런이었다.

* * *

"이런……."

침대에서 몸을 일으킨 찬열의 얼굴이 굳어졌다.

아직 오전 7시였다. 그런데 벌써 눈이 떠지다니. 경기는 저녁에 있기 때문에 구장에 일찍 나가는 찬열도 11시까지는 숙면을 취해야 한다.

"다시 자자."

잠이 부족하면 경기에 집중하기 어렵다. 그걸 알기에 찬열은 곧장 침대에 누워 잠을 청했다. 하지만 한 번 깬 잠은 쉽사리 다시 오지 않았다. 잠이 오지 않으니 머릿속에는 잡념들이 떠돌아다녔다.

"후우-!"

결국 찬열은 침대에서 몸을 일으켰다. 정신을 차릴 생각으로 냉수를 들이켠 찬열은 고민에 빠졌다. 너무 이른 시간이기에 구단의 센터도 열리지 않았다. 그렇다고 이대로 무의미하게 시간을 보낼 생각은 없었다.

"피트니스 센터라도 가자."

찬열은 트레이닝복으로 갈아입고 집 앞의 피트니스 센터

로 향했다. 이른 아침이지만 몇몇 사람이 운동을 하고 있었다. 각자 운동에 열중하고 있었기에 찬열을 알아보는 사람은 없었다.

"어, 찬열 씨?"

그때 수건을 정리하던 정은지가 그를 발견했다.

"안녕하셨어요?"

"요즘 활약 잘 보고 있어요! 정말 대단하던데요?!"

"감사합니다."

"그런데 오늘 경기 있는 날 아니었어요?"

"맞아요. 그런데 잠에서 일찍 깼네요. 잠도 오지 않아서 운동이나 할 겸 왔습니다. 일일 이용료가 얼마였죠?"

"괜찮아요. 사장님이 찬열 씨는 센터 이용료가 공짜라고 하셨거든요. 요즘 저거 때문에 홍보가 얼마나 잘되는데요."

정은지가 손가락으로 한쪽 벽에 걸린 사진을 가리켰다. 찬열과 한영호가 악수를 하며 찍은 사진이다.

정은지는 작은 목소리로 찬열에게 말했다.

"인터넷에도 올렸어요."

웃음이 나왔다. 도움이 된다니 오히려 다행이었다.

"참, 잠이 오지 않는다면 운동보다는 명상 한번 해보시겠어요?"

"명상이요?"

"네, 따라오세요."

정은지의 제안에 찬열은 미심쩍은 표정을 지었다.

사실 명상이란 걸 해본 적이 없다. 그런 걸 할 시간에 조금이라도 더 달리는 게 도움이 된다고 판단했기 때문이다. 그렇다고 무작정 거절하기에도 애매했다. 또한 명상이라는 것에 대한 호기심도 일어났다.

'잠깐 해보지 뭐.'

정말 잠깐 해볼 생각으로 뒤를 따랐다. 도착한 곳은 평소 요가를 하던 곳이다. 정은지와 찬열은 서로를 마주 보고 앉았다.

"자, 천천히 눈을 감고 호흡을 고르게 하는 거예요. 들이마시는 때에는 7, 뱉을 때에는 3으로 조절을 해주세요."

평소 운동의 호흡법을 알기에 찬열은 곧장 이해하고 그녀의 말을 따라했다.

"생각을 하지 말고 천천히 몸을 릴렉스하세요."

생각을 버린다는 건 어려운 일이다. 특히 아무것도 하지 않으면서 생각을 안 한다는 건 처음 하는 사람에게는 불가능에 가까웠다. 하지만 서서히 온도가 올라가고 조용한 음악이 흐르니 생각을 버릴 수 있었다.

걱정.

근심.

부담감.

하나씩 떨쳐 낼 수 있었다.

찬열 역시 사람이었다. 많은 사람의 기대를 받으면 부담감을 느낀다. 그 기대에 부응하지 못할까 걱정도 한다. 기록을 달성하고 싶다는 욕심도 있다. 그런 것들이 쌓이고 쌓여 그의 잠을 방해했었다. 어렴풋이 느꼈지만 지금 모든 것이 확실해졌다.

'지쳐 있었다.'

정신적인 부분이 한계에 달했다. 그걸 눈치채고 명상을 제안해 준 정은지가 고맙게 느껴졌다.

1시간여의 명상이 끝났다. 눈을 뜬 찬열의 얼굴은 많이 평온해져 있었다. 그 모습을 본 정은지가 미소를 지으며 물었다.

"조금 괜찮아졌어요?"

"예, 그런데 어떻게 아셨습니까?"

"아주 예전에 저도 비슷한 일을 겪었거든요. 그래서 찬열 씨가 느끼고 있는 부담감이 어떤지 조금은 알아요."

왠지 모르게 슬픈 미소였다. 찬열은 더 이상 깊게 묻지 못하고 고맙다는 인사와 함께 센터를 나왔다.

"웃챠!"

한껏 기지개를 켠 찬열은 한결 편해진 마음으로 발걸음을 옮겼다.

* * *

인천 와이번스는 홈으로 돌아왔다. 역사적인 순간을 직접 눈으로 보기 위해 문학구장은 일찌감치 매진이 됐다.

경기 전 훈련을 끝낸 이동건은 찬열을 호출했다. 부담감을 느끼고 있을 그를 격려하기 위해서였다. 하지만 찬열이 들어오는 순간, 자신의 판단이 틀렸음을 알게 되었다.

"부르셨습니까?"

평소와 같은 목소리, 행동, 움직임이었다. 세계신기록을 눈앞에 두고 있는 선수처럼 느껴지지 않았다.

'도대체 이 녀석은 뭐지?'

다소 황당하게까지 느껴졌다. 이건 선수의 자질이니 뛰어난 선수이니 할 문제가 아니었다. 사람이라면 누구나 부담을 느껴야 될 상황이다. 그런데도 찬열은 멀쩡했다. 이동건의 입장에서는 당황스러울 일이었다. 그렇다고 대놓고 물어볼 수도 없는 상황, 결국 형식적인 이야기만 나눌 수밖에 없었다.

* * *

[5회 말! 정찬열 선수가 타석에 들어섭니다.]

[외야석 쪽에 잠자리채가 다시 하늘 높이 올라가네요!]

[2회 첫 타석에는 평범한 중견수 뜬공으로 물러났던 정찬열 선수인데요. 과연 두 번째 타석에서는 기록을 달성할 수 있을지 기대가 됩니다.]

사인을 교환한 투수가 공을 던졌다. 초구와 2구가 연달아 볼로 들어가자 관중석에서 야유가 쏟아졌다.

"우우우우우-!"

[아~ 엄청난 야유입니다. 유니콘스의 정우성 선수, 부담감이 크겠는데요?]

[현역으로도 뛰고 중계도 꽤 오랜 시간 해오고 있지만 이런 야유는 정말 처음 들어봅니다.]

구장을 찾은 대부분의 관중이 한마음 한뜻으로 세계신기록을 바랐다. 그렇다고 어설프게 공을 던질 수도 없었다. 프로란 그런 것이다.

'칠 테면 쳐 봐!'

와인드업과 함께 정우성이 공을 뿌렸다. 그의 주특기인 150㎞를 넘는 포심 패스트볼이었다.

그 순간 찬열의 배트가 돌아갔다.

특별한 스윙이 아니었다. 평소와 같았다. 사실 이런 상황에 평소와 같은 스윙을 한다는 게 더욱 어려운 일이었다. 하지만 찬열은 평온하게 배트를 돌릴 수 있었다.

딱-!

"와아아아!"

경쾌한 소리와 함께 공이 떠올랐다. 모든 관중이 일제히 자리에서 일어났다.

[간다! 간다!]

캐스터는 비명에 가까운 소리를 질러댔다. 양측 더그아웃 의 모든 선수가 그라운드에 상체를 내밀고 타구를 확인했다. 그들의 눈에 좌익선상 펜스를 넘어가는 타구가 보였다.

[넘어갔습니다!!!!]

[세계신기록이에요!!]

* * *

[속보입니다. 인천 와이번스의 정찬열 선수가 방금 전 문학구장 에서 9경기 연속 홈런을 기록했다는 소식이 들어왔습니다. 이는 120년 야구 역사를 지닌 메이저리그의 8경기 연속 홈런을 갱신하는 대기록입니다.]

* * *

다음 날.

찬열은 또 하나의 홈런을 기록하며 10경기 연속 홈런이란 대기록을 수립했다. 하지만 대기록은 거기서 끝났다. 11경기 째에서 찬열은 4타수 2안타를 기록했지만 홈런을 더 이상 추가하지 못했다.

기록이 깨지는 게 확정되는 순간.

"괜찮아! 괜찮아! 괜찮아!"

관중석에서 일제히 그를 위로하는 응원이 쏟아졌다. 그 응원에 찬열은 고개를 숙여 인사를 하며 감사의 마음을 전했다. 찬열의 10경기 연속 홈런 기록은 미국에서도 이슈가 됐다. 특히 메이저리그 관계자들에게는 충격을 전해 주었다.

"한국에 이런 선수가 있다니? 도대체 우리 스카우트들은 일본에서 뭐 했던 거야?!"

"당장 한국에 스카우트를 상주시켜야 됩니다."

"바로 진행하게!"

대부분의 메이저리그 구단은 한국보다 일본에 더 많은 관심을 보이고 있었다. 그래서 일본에는 스카우트를 상주시켰지만 한국에는 그렇게 하지 않았다.

하지만 이제는 아니었다. 찬열의 소식이 전해지면서 한국 야구에 대한 정확한 정보가 필요했다. 이를 위해 따로 직원을 파견, 한국에 상주를 시키면서 꾸준한 정보를 확보할 시스템을 갖추었다. 원래라면 2008년 베이징올림픽 우승을 기점으로 이루어져야 될 일이었다. 하지만 찬열의 세계기록 수

립으로 1년이나 빨라졌다.

* * *

[지금부터 세계신기록을 달성한 정찬열 선수에게 황금배트와 황금야구공을 전달하는 시상식을 시작하겠습니다.]

사회자의 말과 함께 찬열이 한 발 앞으로 나섰다.

맞은편에는 인천 와이번스의 이진구 단장이 황금배트를 들고 서 있었다.

사회자가 다시 마이크를 입으로 가져갔다.

[정찬열 선수는 부상 복귀 이후 10경기 연속 홈런을 기록하며 기존 8경기 연속 홈런을 2경기나 더 늘리면서 세계기록을 갱신했습니다. 이에 와이번스는 정찬열 선수를 축하하기 위해 순금으로 만든 황금배트와 황금야구공을 전달합니다.]

이진구 단장이 황금배트를 건네고 뒤이어 황금야구공 역시 건네주었다.

짝짝짝짝—!

우레와 같은 박수가 쏟아지자 이진구 단장이 사회자에게 마이크를 받아 입으로 가져갔다.

[아아, 이렇게 와주신 관객 여러분 감사합니다. 와이번스의 단장을 맡고 있는 이진구입니다.]

인사를 하자 다시 박수가 쏟아졌다. 박수가 잠잠해지자 그는 다시 말을 이었다.

[먼저 정찬열 선수의 세계신기록 수립을 축하합니다. 구단에서는 이를 기념하고 앞으로 와이번스가 이룰 역사적인 사건과 물품을 보관하기 위해 와이번스 기념관을 건설하기로 결정했습니다.]

"오오오오!"

[기념관에 전시하기 위해 구단은 야구공을 습득한 팬분들과 접촉해 모든 야구공을 회수했습니다. 또한 윤정길 선수의 노히트노런 야구공 역시 같이 전시를 할 것이며 앞으로 와이번스가 이루는 모든 역사를 전시할 수 있도록 최선을 다하겠습니다!]

8월 MVP는 찬열의 차지였다.

연속경기 홈런 신기록을 달성하면서 홈런 1위를 탈환했다. 분명 대단한 업적을 이뤘다. 하지만 마냥 기쁘지만은 않았다.

바로 팀 때문이다. 현재 인천 와이번스는 4위에 랭크되어 있다. 복귀 전 5위였으니 고작 1단계 높아진 것이다. 상위 팀들이 잘한 탓도 있다. 그러나 정확히는 와이번스가 못한 이유가 컸다.

찬열의 복귀 이후 막혔던 타격이 터지기 시작했다. 다른 타자들 역시 힘을 내기 시작한 것이다.

문제는 투수들이었다. 선발 투수진은 문제가 없었는데 계투진이 약했다. 작년 와이번스의 중간 계투가 강했던 것과는 반대의 상황이었다. 작년에는 신인들로 계투진을 꾸려 상대 팀에서 데이터를 수집할 시간이 적었다.

하지만 올해는 달랐다. 작년에 어느 정도 데이터가 수집이 됐고 타자들 역시 투수들에게 익숙해진 상황이었다. 시즌 초반에는 그나마 괜찮았다. 체력도 있었고 경험이 쌓이면서 작년보다 좋은 투구를 보여주었다.

하지만 중반이 지나면서 급격히 무너졌다. 차라리 초반에 무너졌으면 대비라도 했을 텐데 너무 급작스러웠다.

'확실히 요즘 계투진 선배들의 공이 무뎌지긴 했지.'

미트에 박힐 때의 느낌이 달랐다.

'감독님은 어쩌시려나?'

선수의 기용은 전적으로 감독의 권한이다.

'에이…… 내가 걱정해서 어쩌겠어.'

생각을 멈추고 찬열이 고개를 들어 장식장을 바라봤다. 중앙에 장식되어 있는 황금배트와 황금공이 눈에 딱 들어왔다.

"흐흐."

웃음이 절로 나왔다. 시가 1억 3천만 원에 달하는 물건이다. 황금배트가 1억, 황금공이 3천만 원이었다. 돈도 돈이지만 자신을 위해 특별히 제작된 물건들이었다.

이런 걸 언제 받아볼 수 있겠는가?

딩동-!

그때 벨소리가 들리며 상념을 깼다. 확인을 하니 부모님이었다.

띠리리-!

도어락을 풀고 문을 열자 두 분이 보였다.

"연락도 없이 어쩐 일이세요?"

"잠깐 얼굴 좀 보러 왔다. 밥은 먹었니?"

"아직이에요. 두 분은 드셨어요?"

"우리도 아직이지. 조금만 기다려, 엄마가 사골국이랑 이 것저것 좀 싸왔어. 금방 밥 차려줄게!"

곧장 부엌으로 들어가시는 어머니를 보며 정기홍이 말했다.

"삼 일 전부터 너 먹인다고 사골 우리더라."

"삼 일 전부터요?"

"그러니 맛있게 먹어줘라. 그나저나 그건 어디 있냐?"

정기홍이 눈을 빛냈다. 거실을 두리번거리던 그는 장식장에 있는 황금배트와 공을 발견하고는 단숨에 달려갔다.

"오오! 정말 멋지구나."

아버지의 목적은 저게 분명했다. 어느새 핸드폰을 꺼내 인증 샷까지 찍었다.

"으하하! 우리 팀 녀석들이 이걸 보면 얼마나 부러워할지 눈에 훤하다! 훤해!"

"아직도 사회인 야구 하시는 거예요?"

대답은 주방에서 식사 준비를 하던 어머니의 입에서 나왔다.

"말도 마라! 주말은 물론이거니와 매일 밤마다 동네 초등학교 운동장에 가서 공놀이를 하고 있다니까? 낚시할 때보다 더해!"

"크흠! 거, 식사 준비나 빨리 해."

"흥!"

콧방귀를 낀 어머니는 다시 상을 차리는데 전념하셨다. 그 모습에 미소를 지은 찬열이 물었다.

"팀에서 포지션은 뭐예요?"

"음…… 외야수를 맡고 있다."

"하긴 아버지는 발이 빠르시니까 외야수를 맡는 게 좋겠네요. 좌익수? 중견수?"

"우…… 익수다."

찬열의 얼굴이 굳어졌다. 사회인 야구에서 우익수란 평균적으로 실력이 떨어지는 선수를 배정한다. 아마추어다 보니 밀어 치는 타구가 거의 없기 때문이다. 밀어 치기라고 주장을 해도 사실상 밀려서 친 타구일 뿐, 밀어 치기는 아니다.

그러다 보니 우타가 절대적으로 많은 사회인 야구에서 우익수 쪽으로 공이 갈 일이 적었다. 간단히 말해 사회인 야구에서 우익수란 구멍이라는 뜻이다.

'이거 참······.'

무안해하는 아버지의 모습에 찬열은 뜨거운 효심이 끓어올랐다.

'날 잡아서 특훈 한번 해드려야겠는데?'

찬열이 다짐을 했다. 아버지가 우익수에서 벗어날 수 있게 해드리리라.

"밥 다 됐어요!"

"어서 가서 먹자."

하늘에서 내린 계시를 들은 성직자처럼 자리에서 벌떡 일어난 아버지가 주방으로 걸어갔다.

* * *

8월의 마지막 날.

KBO는 확대 엔트리를 발표했다. 이로써 선수 운용에 여유가 생긴 각 팀은 2군의 유망주나 1군에 필요한 선수들을 콜업했다. 와이번스는 4명의 투수와 1명의 야수를 올려보냈다.

"자, 앞으로 함께 경기를 하게 될 친구들이다. 얼굴을 아는 사람들도 있을 거고 처음 보는 사람들도 있겠지만 동료이니 잘 어울리길 바란다.”

“예!”

선수단이 일제히 대답했다. 하지만 찬열은 대답하지 못하고 한 남자를 쳐다봤다.

바로 우기영이었다.

'저 새끼랑은 왜 이렇게 자주 마주쳐?'

같은 팀이니 그럴 수도 있다. 문제는 찬열이 우기영에게 감정이 썩 좋지 않다는 점이다. 먼저 시비를 걸었으니 당연했다. 찬열이 무슨 신선도 아니고 말이다.

'그나저나 몸이 저번보다 더 커졌는데?'

그나마 최근에 본 찬열이기에 우기영의 신체 변화에 대해서 바로 눈치챌 수 있었다. 그때만 하더라도 비리비리한 멸치와 같았는데 지금은 어깨가 떡 벌어지고 몸의 밸런스가 전체적으로 잘 잡힌 모습이었다.

'에잇, 신경 끄자.'

찬열은 이내 신경을 껐다. 곧 선수단이 해산이 되고 삼삼오오 모여 각자 구장 내의 휴게실이나 라커룸 아니면 피트니스 센터로 이동했다. 찬열은 오전 운동을 모두 끝냈기에 잠깐 쉬기 위해 휴게실로 향했다.

막 자리에 앉으려는 순간.

탁-!

스포츠 음료가 눈앞에 놓였다. 고개를 드니 우기영이 같은 음료수를 들고 서 있었다.

눈이 마주치자 녀석이 말했다.

"잠깐 이야기 좀 할 수 있을까?"

찬열은 고민했다. 이 녀석과 대화를 해서 좋게 끝난 적이 있었던가?

없었다. 2군에 내려갔을 때야 감독이나 코치들, 다른 선수들도 있었으니까 그냥 넘어갔다.

하지만 아시아 선수권대회에서는 아니었다. 모두 시비였다. 대화할 생각이 들지 않았다.

"할 말 없다."

그 말을 끝으로 자리에서 일어났다. 보는 시선이 많았기 때문이다. 그런데 녀석이 쫄래쫄래 쫓아오는 게 느껴졌다. 귀찮고 짜증이 났다. 인적이 없는 복도에 접어들었을 때 몸을 홱 돌렸다. 녀석이 깜짝 놀라며 걸음을 멈췄다.

"할 말 없다니까?"

"그럼 이거라도 마셔."

우기영이 스포츠 음료를 내밀었다. 사람이 없는데도 불구하고 행동이나 말에 시비를 거는 낌새가 보이지 않았다. 마음이 또 약해졌다.

"하아…… 그래, 잘 마실게."

그렇다고 해서 대화할 마음이 생긴 건 아니다. 음료를 받아 들고 막 몸을 돌리려는 순간.

"예전에는 미안했다."

다시 우기영에게 시선을 던졌다. 그때 우기영이 찬열에게 고개를 숙였다. 갑작스런 상황에 표정이 굳어졌다.

"내가 너무 어렸었어. 너한테 그런 시비를 걸었던 건 네가 부러워서…… 샘이 나서 그랬던 거다. 정말 미안해!"

목소리에서 진심이 느껴졌다. 무엇이 녀석을 이렇게까지 바꾼 걸까? 잠깐 이야기를 나눠보고 싶었다.

"할 이야기 있다고 했지? 따라와."

대답을 듣지도 않고 걸음을 옮겼다. 뒤에서 우기영이 따라오는 소리가 들려왔다. 찬열이 향한 곳은 외야 관중석 쪽이다. 청소가 끝난 건지 직원들이 전혀 보이지 않았다. 빈자리에 대충 앉자 우기영도 옆에 앉았다.

찬열은 바로 본론을 꺼냈다.

"갑자기 그런 말을 하는 이유가 뭐냐?"

잠시 고민하던 우기영이 대답했다.

"프로가 되고 나서 많이 힘들었다. 아마추어 때는 그래도 학교에서 최고의 선수였고 지역 내에서도 날 이길 수 있는 선수가 없었는데…… 프로에서는 아니더라."

우기영이 과거를 회상하는 듯 하늘을 올려다봤다.

"그런데 동기인 너나 성일이가 1군에서 활약하는 모습을 보니 질투가 생기더라. 어째서 난 저렇게 되지 못하는 거지? 도대체 차이가 뭐지?"

찬열의 눈살이 찌푸려졌다. 도대체 무슨 이야기를 하고 싶은 건지 이해가 되지 않았다.

"그러다가 트레이드가 되어 와이번스에 왔지. 너도 부상으로 2군에 오게 됐고. 그때까지만 하더라도 질투심이 컸다. 그런데 네가 훈련하는 모습을 보니까 알겠더라."

우기영이 고개를 내렸다.

"어째서 네가 1군에서 그런 활약을 할 수 있는지. 그리고 내가 그동안 힘든 훈련이라고 한 것들이 얼마나 보잘것없었는지도 말이야."

"음……."

"넌 모르겠지만 2군에서 네가 훈련하는 모습을 관찰했다. 그리고 조금씩 따라했지. 물론 처음에는 힘들었다. 하지만 하니까 되더라고. 덕분에 예전보다는 한 단계 발전한 느낌이다."

그래서였나? 녀석의 몸이 커진 이유가?

'그런데 그 훈련을 따라했다고?'

자신의 현재 훈련은 몸이 발전하면서 조금씩 늘려 간 것이다. 그런데 우기영은 바로 따라했다니? 믿을 수 없었다.

그걸 눈치챈 듯 우기영이 다급히 말을 붙였다.

"물론 네가 하는 세트를 모두 따라하지는 못해. 한 번 따라해 본 적은 있는데 정말 온몸이 아파서 이틀 동안 움직이지 못했다."

"너무 과한 운동은 오히려 독이다. 자기 몸에 맞춰서 하는 게 최고야."

"고맙다."

"응? 이 정도는……."

"네가 있었기에 지금의 내가 1군에 올라올 수 있었다. 정말 고맙다. 그리고 과거의 일은 내가 미안해."

찬열은 깨달았다.

우기영이란 인간은 변했다. 더 이상 과거의 시비 걸던 그 녀석은 사라진 것이다.

"별말을 다 한다. 됐다, 그나저나 1군에 올라온 거면 예전보다 공은 좋아진 거냐?"

우기영이 씩 웃었다.

"보면 알아."

"어쭈? 자신감 넘치는데?"

"앞으로 리드 잘 부탁한다."

"그래, 앞으로 잘해보자."

우기영과의 호흡을 맞추는 기회는 생각보다 빨리 찾아왔다.

　　　　　* * *

　딱ㅡ!

　"와아아아!"

　[중견수 키를 넘깁니다! 장타 코스! 2루 주자, 3루를 돌아 홈으로 파고듭니다! 타자주자는 다시 2루로! 세이프입니다.]

　[아~ 최근 와이번스의 좋지 않은 모습이 8회에 또 나오네요. 계투가 또다시 무너지고 있어요.]

　[어느덧 점수 차는 1점 차까지 좁혀진 상황, 큰 거 한 방이면 역전이 됩니다.]

　[이주호 선수의 공이 무척 높게 들어가고 있습니다. 힘이 빠진 거예요.]

　[결국 투수 코치가 나옵니다.]

　마운드가 바뀌었다.

　이동건 감독은 불펜에서 뛰어나오는 우기영을 바라봤다.

　[아~ 의외의 투수가 나옵니다. 확대 엔트리가 적용이 되면서 콜업이 된 우기영 선수가 올라옵니다. 1군 경력은 작년 시즌 3경기가 전부인 선수인데요. 이런 상황에 올리다니 다소 의외의 상황 아닙니까?]

　[그렇습니다. 타이거즈의 다음 타자가 좌타인 김동균 선수이기는 하지만 4번 타자인 데다가 올 시즌 28홈런을 때려낸 슬러거입니다.

또한 베테랑이라서 신인이 상대하기에는 버거운 상대일 텐데요.]

[좌타에게 좌투가 유리하기 때문에 올린 걸까요?]

[통상적으로 그렇긴 합니다만 김동균 선수는 올 시즌 좌투를 상대로도 2할 7푼 3리라는 나쁘지 않은 성적을 올렸습니다. 이걸 이동건 감독이 모를 리가 없을 텐데요?]

이동건은 도박을 선택했다. 그는 우기영을 콜업하기 전 2군 감독인 노영호와 연락을 주고받았다. 2군 상황에 대해서는 그가 자신보다 더 잘 알기에 선수를 추천받기 위해서였다.

그때 노영호가 강력 추천했던 게 바로 우기영이었다. 사실 이동건은 우기영을 마무리 캠프 그리고 전지훈련을 통해 성장시킬 생각이었다. 그런데 노영호는 과거의 우기영이 아니라면서 적극 추천을 해왔다. 자신이 신뢰하는 노영호였기에 우기영을 콜업했다.

'차라리 잘됐어. 이런 압박을 받는 상황이 선수의 역량을 알아보기에 적절하다. 만약 아니라고 생각된다면 바로 내려보내면 돼.'

이동건은 우기영에게 많은 기회를 줄 생각이 없었다. 오늘 기대치에 미치지 못하는 피칭을 한다면 더 이상 기회를 줄 생각이 없었다.

그사이 연습 투구를 끝낸 우기영에게 찬열이 다가왔다.

"오늘 손에 잘 긁히는 공 좀 있어?"

"대부분 비슷하지만 슬라이더가 잘 긁히는 거 같아."

"알았다. 마음 편하게 가지고 공 던져."

"응."

간단하게 격려를 해준 찬열이 캐처 박스에 앉았다. 마스크를 쓴 그는 살짝 걱정이 됐다. 과거 자신이 사인을 내면 거절을 하던 우기영의 이미지가 아직 머리에 남아 있었다.

'후우-! 잊자. 녀석도 프로니까 이제 잘하겠지.'

결정을 내린 찬열이 사인을 냈다.

'바깥쪽 포심.'

고개를 끄덕인 우기영이 투수판을 밟았다.

'어라?'

한 번에 사인을 받아들이는 우기영의 모습에 찬열이 오히려 당황했다.

하지만 그것도 잠시. 이내 진지한 눈을 하고 미트를 내밀었다.

"흡!"

퍽-!

"스트라이크!"

바깥쪽으로 정확히 직구가 꽂혔다.

[초구 스트라이크! 매우 날카롭게 미트에 파고드는 공입니다!]

[구속은 140㎞ 초반이지만 공의 묵직함이 느껴집니다.]

'바깥쪽으로 흘러나가는 슬라이더.'

이번에도 바로 고개를 끄덕였다.

"흡!"

공을 뿌렸다. 방금 전과 비슷한 코스로 들어오는 공에 김동균의 배트가 돌아갔다.

부웅—!

그때 공이 흔들리더니 바깥으로 흘러나갔다. 김동균이 바깥쪽 코스를 노렸기에 배트의 끝에 공이 맞았다.

딱—!

정면으로 굴러가는 공에 우기영이 공을 잡았다. 그는 바로 1루로 공을 던지지 않고 눈짓으로 2루 주자를 견제한 뒤 1루로 공을 던졌다. 간단한 행동이지만 이로써 2루 주자는 3루로 뛰지 못했다.

퍽—!

"아웃!"

[아웃입니다! 김동균 선수를 땅볼로 잡아낸 우기영 선수!]

[피칭 내용도 좋았지만 무엇보다 공을 잡았을 때 침착하게 2루 주자와 아이 콘택트를 하여 발을 묶은 것도 인상적입니다.]

우기영은 이후 2타자를 모두 범타로 처리하며 1군 데뷔를 성공적으로 끝냈다.

6장

기록 제조기

우기영을 비롯해 다른 투수들이 합류하면서 계투가 강화
됐다. 덕분에 와이번스는 3연승을 이어갈 수 있었다. 그사이
찬열은 1홈런을 추가하면서 2년 연속 40홈런이라는 대기록
을 달성했다.

[정찬열 선수가 데뷔 이후 2년 연속 40홈런을 달성했는데요. 두
전문가님은 이런 활약을 어떻게 생각하십니까?]

[천재죠, 정찬열 선수는 천재입니다. 그렇지 않고서는 이런 활약
을 할 수 없어요.]

[저도 같은 생각입니다. 그의 재능은 정말 대단합니다.]

사람들은 흔히 그 분야에서 성공한 사람에게 천재 혹은
재능이 뛰어나다라는 이야기를 한다. 하지만 이는 매우 불

쾌한 이야기였다. 그 사람의 모든 노력을 무시하는 거나 마
찬가지다.

[현재 야구팬들의 관심은 과연 정찬열 선수가 맥이 끊긴 50홈런
을 달성할 수 있을지에 대해 집중되어 있는데요. 어떻게 보십니까?]

[개인적으로는 달성하지 않을까 생각합니다. 몰아치기도 잘하는
선수이고 산술적으로 보더라도 충분히 달성할 수 있을 것으로 보입
니다.]

[같은 생각입니다. 잔여 경기도 여유가 있으니 무난하게 성공하
겠죠.]

[그럼 60홈런에 대해서는 어떻게 생각하십니까?]

[하하! 그건 무리죠. 와이번스의 잔여 경기는 28경기가 남은 상
황입니다. 산술적으로 1경기에 0.7개의 홈런을 때려내야 된다는 소
리인데 페이스가 좋은 정찬열 선수라도 힘들 것으로 보입니다.]

KBO의 역사상 60홈런은 나온 적이 없었다. 가장 큰 이유
는 짧은 경기 수였다. 메이저리그는 162경기 일본은 144경기
인 반면에 한국은 126경기를 치르고 있었다. 전체적인 기록
에서 메이저리그나 일본과 차이가 날 수밖에 없었다.

그럼에도 불구하고 사람들은 정찬열의 60홈런을 기대하고
있었다. 세계신기록을 달성한 선수다. 탈아시아급의 괴력을
보여주었기에 가능한 기대였다.

하지만 그 기대를 짓밟는 의견도 만만치 않았다. 그들 대

다수가 한국에서 어떻게 60홈런이 나오느냐는 주장을 펼쳤다. 한국인이면서도 한국인을 욕하는 아이러니한 상황. 하지만 보기 어려운 장면도 아니었다.

한편, 이런 논란의 중심이 되어 있는 찬열은 훈련에 열중이었다. 매일 11시 기상을 한 찬열은 식사를 끝내고 바로 구장으로 나간다. 누구보다 빠르게 센터에서 운동을 시작한 찬열은 순식간에 워밍업을 끝냈다.

오전 운동이 끝나면 점심을 먹고 동료들과 함께 팀 훈련에 들어간다. 찬열이 가장 신경을 쓰는 건 바로 프리배팅이었다. 타격의 감각을 극도로 끌어올리는 것이 바로 프리배팅이다. 단순히 좋은 코스에 오는 공을 때리는 훈련이 아니다.

이미지 트레이닝. 머릿속에 스윙, 스피드, 배팅 포인트를 정확히 각인시키는 게 프리배팅의 진면목이다. 그렇기에 프리배팅의 개수는 선수가 정한다.

딱-!

딱-!

딱-!

연달아 세 개의 공이 담장을 넘어갔다.

찬열은 곧장 배팅을 멈췄다.

"여기까지 하겠습니다."

"그래."

타격 코치인 백무현도 동의했다. 방금 전 때린 3개의 홈런은 모두 다른 코스로 날아갔다. 우익수, 좌익수, 그리고 중견수 방향. 비거리도 좋았기에 더 이상의 타격은 필요 없었다.

혹시나 이후에 좋지 않은 타구가 나오면 선수는 나쁜 감각을 가지게 되니 말이다.

연습이 끝나자 찬열은 곧장 사무실로 이동했다. 입단 전 양해를 구하고 얻었던 사무실이다. 선수가 된 이후에도 여전히 이곳에서 상대팀의 선수에 대한 분석을 하고 있었다.

"태현이가 선발로 나서니 콘택트가 좋은 선수들로 구성이 됐네."

명단을 확인한 찬열은 곧장 전력 분석원이 건네준 자료를 읽었다. 찬열은 자신이 포수로 출전을 하지 않아도 매일같이 상대팀의 자료를 읽었다. 그게 포수가 해야 될 일이라고 생각하기 때문이다.

또 한 가지. 자신이 확신도 하지 못하는 것을 가지고 투수를 이끌 순 없다는 생각이 확고했다. 그러다 보니 더 많은 정보를 넣으려 노력한다. 자료를 모두 읽으면 회의에 들어간다. 배터리 코치와 함께 선발투수와 의견을 조율하고 그날 던질 공들에 대해서 이야기를 나눈다. 이후에는 약간의 휴식을 한 뒤 경기에 나섰다.

* * *

페넌트레이스 종료까지 28경기

[오늘 2타수 2안타 1타점을 기록한 정찬열 선수, 타석에 들어섭니다. 팀이 2점으로 뒤지고 있는 상황. 1, 2루의 찬스를 맞이합니다.]

[라이온즈는 긴장해야 됩니다. 정찬열 선수는 기회에 무척 강하니까요.]

[배터리가 경계하는 게 느껴집니다. 초구와 2구 모두 바깥쪽 볼이 됩니다. 고의사구를 선택하는 걸까요?]

[2사, 아니, 1사라면 그럴 수 있겠지만 현재 무사입니다. 또한 5번인 이성준 선수의 페이스가 좋습니다. 섣불리 거를 수 없을 겁니다.]

[3구 던집니다. 쳤습니다!! 오른쪽으로 멀리 갑니다! 담장…… 넘어갑니다!! 7회에 터진 정찬열 선수의 역전 쓰리런!!!]

[완벽하게 당겨 친 타구예요. 맞는 순간 넘어감을 직감할 정도로 큰 타구였습니다.]

[46호 홈런을 기록하는 정찬열 선수입니다!]

페넌트레이스 종료까지 23경기

[주자 없는 상황에서 정찬열 선수가 타석에 들어섭니다. 최근 5경기에서 16타석 10타수 8안타 6홈런을 때려냈습니다. 어느덧 홈런 개수도 46개가 되었는데요.]

[정말 엄청난 페이스입니다.]

최근 찬열의 기사에 경이롭다는 표현이 자주 나온다. 하지만 누구도 그 말에 토를 달지 못했다. 그만큼 찬열의 활약은 엄청났다. 한국 야구를 통틀어서도 그만큼 페이스가 좋은 선수는 없었다.

[현재 정찬열 선수는 130타점을 기록 중입니다. 앞으로 14타점이면 이승택의 한 시즌 타점 신기록과 타이를 이루게 됩니다.]

독보적.

그 말을 제외하고는 찬열을 표현할 방법은 없었다. 도루를 제외한 타격 전 부문 1위를 달리고 있었다.

또다시 말이다. 이대로라면 작년에 이어 2년 연속 타격 7관왕을 이룰 가능성이 높았다.

KBO에서 그 누구도 이룬 적이 없는 일이다. 말이 7관왕이지 단순히 방망이만 좋아서는 이룰 수 없는 기록이었다. 출루율, 홈런, 안타, 타율, 타점, 득점, 장타율까지. 이 모든 기록을 한 번에 이루어야 된다.

딱―!

그때 찬열의 방망이가 돌아갔다. 경쾌한 소리와 함께 공이 한가운데로 날아갔다.

[중견수 멍하니 공을 쳐다봅니다!! 따라갈 엄두도 나지 않을 정도로 큰 타구가 전광판 상단을 때립니다!]

[아~ 또다시 전광판을 고장 내나요?]

[다행히 전광판은 무사한 거 같습니다. 또다시 괴력을 선보이며 47호 홈런을 기록합니다!]

페넌트레이스 종료까지 18경기

[정찬열 선수, 오늘 경기에서 처음으로 주자가 있는 상황에서 타석에 들어섭니다. 최근 5경기에서 홈런을 2개밖에 추가하지 못했는데요. 그 이유를 어떻게 보십니까?]

[와이번스의 타선이 전체적으로 침묵하고 있습니다. 1번에서부터 3번까지, 최근 5경기 타율이 2할이 되지 못합니다. 즉, 상대에서는 정찬열 선수와 굳이 승부를 할 이유가 없다는 거죠.]

[정찬열 선수의 슬럼프가 아니라는 거군요?]

[만약 슬럼프라면 2개의 홈런도 때리지 못했을 겁니다. 정찬열 선수는 한 마리 맹수예요. 먹잇감이 들어오면 놓치지 않습니다. 슬럼프라면 이런 모습을 보여줄 수 없어요. 오히려 상대가 승부를 피하는데도 침착함을 유지하는 모습이 작년에 비해 발전한 모습입니다.]

2개의 볼이 연달아 스트라이크존을 벗어났다.

원아웃이다.

주자는 1, 3루다. 그럼에도 불구하고 승부를 어렵게 가져가고 있다.

'아니면 승부를 할 생각이 없는 건가?'

피식 웃음이 나왔다. 고등학교 야구도 아니고 프로야구다. 매일같이 야구를 하며 밥을 먹고 살아가는 이들이다. 그런데 승부를 피한다?

'나쁘지 않아.'

이런 대접을 받는 게 즐거웠다. 작년에는 처음 접하는 이런 상황에 조급함을 느끼고 배트를 돌렸다.

하지만 이제는 아니었다. 작년의 실수를 또다시 되풀이하고 싶은 생각은 없었다.

"흡!"

투수가 공을 던졌다.

치직—!

포수가 발을 끄는 소리가 들렸다. 바깥쪽으로 나가는 소리다.

'또다시 볼……'

이라고 판단했다. 하지만 눈으로 들어온 공은 바깥쪽이 아닌 한가운데로 날아오고 있었다.

실투다. 그걸 머리로 판단한 순간 몸이 반응했다.

탁—!

발을 내딛고 허리가 회전했다. 회전이 멈춘 상체의 봉인을 푸는 순간 마치 토네이도처럼 배트가 허공을 갈랐다.

부아앙—!

딱—!

꽝음과 함께 손에서 느낌이 왔다.

'이건……'

찬열이 타구가 날아간 방향을 바라봤다.

'넘어갔어.'

주먹을 불끈 쥐어 하늘 높이 쳐올렸다.

[넘어갔습니다!! 정찬열 선수 데뷔 2년 만에 프로 첫 50홈런 고지에 오릅니다!!]

* * *

시즌 후반이 되면 대부분 선수들의 체력은 떨어진다. 찬열역시 작년 시즌에는 후반에 체력이 고갈되면서 많은 어려움을 겪었다.

하지만 올 시즌은 아니었다. 가장 무더울 날씨인 7월을 통째로 쉰 것이 가장 큰 이유였다. 또한 시즌 전 체력 준비를 열심히 한 효과가 지금 나타나고 있었다. 찬열의 활약은 곧 와이번스의 순위 상승으로 이어졌다.

확대 엔트리로 팀에 합류한 중간 투수들 역시 제 역할을 해주면서 투타의 밸런스가 맞아가는 느낌이었다. 활용할 자원이 늘어나자 이동건의 용병술 또한 발휘됐다. 그렇게 와이번스는 어느덧 4위에서 2위까지 치고 올라왔다.

페넌트레이스 종료까지 불과 3경기. 첫 번째 상대는 6위를 달리고 있는 수원 유니콘스였다.

[수원유니콘스와 인천와이번스의 정규시즌 마지막 경기를 수원에서 보내드립니다. 오늘 경기에서 와이번스가 패배한다면 3위인 이글스의 경기 결과에 따라 승차가 같아지면서 승률에 뒤져 3위로 떨어질 수도 있는 상황입니다.]

[이글스는 오늘 타이거즈와 상대하면서 에이스 류성일 선수를 출전시켰습니다. 반면 타이거즈 역시 에이스인 한승현 선수가 등판을 하는데요. 광주에서 열리는 경기 역시 흥미로울 거 같습니다.]

[그렇습니다. 하지만 이곳 수원에서의 경기 역시 흥미롭긴 매한가지인데요. 바로 정찬열 선수의 아이사 신기록이 걸려 있기 때문이죠.]

[그렇습니다. 정찬열 선수는 50홈런을 달성한 이후 예전보다 페이스가 조금 떨어진 상황입니다. 13경기 5홈런을 기록하면서 현재 55홈런으로 독보적 1위를 기록 중입니다.]

[과연 오늘 이승택 선수가 기록한 아이사 신기록인 56홈런에 도달할 수 있을지 기대됩니다.]

외야석의 하늘이 잠자리채로 빼곡하게 들어찼다.

[장관이네요. 과연 이 많은 사람의 기대에 부응할 수 있을지 정찬열 선수 첫 타석에 들어섭니다.]

퍽-!

"볼!"

[초구 볼로 시작하는 한석훈 투수.]

[주자가 없는 상황이니 무리해서 승부를 하지 않겠단 거죠.]

이후 세 개의 볼이 연달아 들어왔다.

승부를 피한 것이다.

"우우우우–!"

관중석에서 야유가 쏟아졌다. 대기록을 앞둔 선수와 승부를 피한 것에 대한 야유였다. 하지만 수원 유니콘스 입장에서는 경기를 잡아야 했다. 6위지만 아직 플레이오프가 완전히 막힌 건 아니다. 4위인 대구 라이온즈의 결과에 따라 얼마든지 플레이오프에 진출할 가능성이 있었다.

그러다 보니 패배를 최대한 줄여야 했다. 이날 찬열은 3타수 무안타 3볼넷으로 백 퍼센트 출루를 이루었다. 하지만 사람들이 기대하는 아시아 신기록은 달성하지 못했다.

* * *

[홈런 아시아 신기록인 56개에 단 하나의 홈런을 남겨둔 정찬열 선수는 어제에 이어 오늘 경기에서도 홈런을 추가하지 못했습니다. 대전 이글스는 철저하게 정찬열 선수와의 승부를 피하는 선택을 했는데요. 그로 인해 4타수 무안타 2볼넷 1타점 1삼진을 기록하게 됐

습다. 앞으로 2경기만을 남겨둔 상황이기에 일각에서는 정찬열 선수의 기록 경신이 힘들지 않겠냐? 라는 의견이 나오고 있습니다.]

* * *

1위 광주 타이거즈.

2위 인천 와이번스.

3위 대전 이글스.

4위 대구 라이온스.

순위표를 확인한 찬열이 손가락으로 책상을 두드렸다.

톡-! 톡-!

남은 2경기. 상대해야 되는 건 라이온스와 타이거즈였다. 3위와 4위는 확정됐다. 어제 경기에서 라이온스가 패배했고 이글스가 승리했기 때문이다.

'피하지 않을까?'

일말의 기대를 가질 수 있었다. 순위와 상관없는 경기다. 라이온스는 준플레이오프에서부터 올라와야 된다. 주전을 아껴야 되는 상황이다. 그렇다면 기회가 올 것이다.

찬열도 사람이다. 당연히 대기록에 욕심이 갈 수밖에 없었 다. 그나마 조금 여유로울 수 있는 건 세계기록을 달성했기 때문이다.

'이번 경기에서는…….'

이루고 싶었다.

* * *

찬열은 라이온스와의 경기에서도 기록 달성에 실패했다. 라이온스는 신인 투수들을 올렸지만 너무 긴장한 나머지 제대로 된 승부가 되지 못했다.

와이번스는 경기를 잡으면서 타이거즈와의 경기 승차를 제로로 만들었다. 한국 시리즈에 직행할 수 있는 마지막 티켓. 그 티켓을 잡기 위해 두 팀이 페넌트레이스 최종전에서 맞붙게 됐다.

인천에서 열리는 경기는 일찌감치 매진됐다. 이례적인 건 이번 경기에 타이거즈의 팬들도 대규모로 예약했다는 것이다. 서포터즈에서 단체로 원정 응원을 온 탓이다.

또한 양 팀의 팬이 아닌 그저 야구를 좋아하는 이들도 많이 경기장을 찾았다.

이유는 간단했다. 괴물 대 괴물의 대결이기 때문이다.

올 시즌 KBO는 세 명의 괴물이 장악했다 해도 과언이 아니다. 그중 두 명이 맞상대를 한다. 바로 타이거즈의 선발투수 한승현과 와이번스의 정찬열이었다.

한승현은 올 시즌 신인왕이 유력했다. 선발투수로 모든 경기에 나와 17승 2패 평균 자책점 1.21를 기록했다. 1998년 마지막 1점대 평균 자책점 이후 9년 만에 나온 기록이었다. 골든글러브도 유력했지만 류성일이라는 강력한 라이벌이 있어 아직 유동적이었다.

찬열은 말할 필요도 없는 최고의 타자다. 7월을 통째로 날렸지만 55홈런을 때려내며 명실상부 KBO 최고의 슬러거로 군림했다. 야구팬이 그에게 기대하는 건 아시아 신기록을 달성할 수 있느냐는 것이었다.

단 1개의 홈런. 하지만 그 홈런이 너무나 어려웠다. 10경기 연속 혹은 3타석 연속 홈런을 때려낸 정찬열이지만 이 1개의 홈런이 좀처럼 터지지 않았다.

그렇지만 정찬열이기에. 사람들은 큰 기대감을 품고 경기장을 찾았다.

* * *

[페넌트레이스 최종전이자 한국 시리즈 직행 티켓을 손에 넣을 수 있는 중요한 경기가 이제부터 시작됩니다. 저는 캐스터 성민호입니다. 옆에는 해설을 맡아주실 이순경 위원님 나오셨습니다.]

[안녕하세요.]

[오늘 경기, 참 많은 것이 걸려 있습니다. 가장 큰 것이 바로 한국 시리즈 직행 티켓인데요.]

[그렇습니다. 사실 페넌트레이스 최종전까지 1위 팀이 결정되지 않았다는 것도 참 이례적입니다. 그만큼 올 시즌 순위 다툼이 치열했다는 걸 말해 주는 거죠.]

그라운드에 선수들이 나와 가볍게 공을 던지며 어깨를 풀었다.

[정찬열 선수의 최다 홈런 아시아 신기록에 도전할 수 있는 마지막 경기이기도 한데요. 앞선 3경기에서 모두 홈런을 추가하지 못하면서 많은 우려가 나오고 있는 실정입니다.]

[아무래도 정찬열 선수에 대한 견제가 커진 게 가장 큰 이유라고 볼 수 있습니다. 또한 상대한 팀들이 모두 4강 싸움을 하고 있었다는 것도 불운이죠. 상대팀의 입장에서는 반드시 잡아야 되는 경기였고 그런 상황에서 굳이 위험 부담이 높은 정찬열 선수와 정면승부를 택할 이유가 없었던 거죠.]

식전 행사가 모두 끝나고 선수들이 제자리를 찾았다. 타자가 타석으로 들어왔고 박현우가 마스크를 쓰고 캐처 박스에 앉았다.

[포지션 설명을 먼저 드리죠. 오늘 와이번스의 선발투수는 1선발 윤정길 선수가 나옵니다. 그리고 호흡을 맞출 선수는 정찬열 선수

가 아닌 박현우 선수가 마스크를 쓰게 되었습니다. 의외인데요?]

[아무래도 이동건 감독이 배려를 해준 게 아닌가 싶습니다. 팀의 한국 시리즈 티켓이 걸려 있지만 포수로서 정찬열 선수는 대체 불가능한 선수는 아닙니다. 박현우라는 걸출한 포수가 있으니 타격에만 집중을 하라는 기용으로 보입니다.]

[그렇군요.]

이순경의 말은 정확했다.

박현우를 기용한 데에는 여러 이유가 있었다.

첫째로 그의 체력 회복이었다. 시즌 후반 체력적인 문제를 드러냈던 박현우는 엔트리에서 빠지는 날이 많았다.

하지만 휴식을 하면서 체력을 많이 회복했다. 최근에 다시 지명타자로 경기에 나선 것이 그 증거였다.

둘째로는 찬열의 상황이다. 아시아 신기록이라는 대기록을 눈앞에 두고 있는 상황에서 포수를 보기에는 마음의 여유가 없을 거라 판단했다. 그래서 긴 대화를 통해 찬열을 지명타자로 기용하게 됐다. 찬열이 그라운드가 아닌 벤치에 앉아 있는 이유였다.

"플레이볼!"

경기가 시작됐다.

* * *

　[1회 초, 깔끔하게 삼자범퇴로 이닝을 마무리 지은 와이번스, 과연 공격에서도 좋은 모습을 보여줄지 기대됩니다.]

　[최근 와이번스의 방망이는 정말 형편없습니다. 정찬열 선수를 제외하고는 전체적으로 페이스가 많이 떨어진 상황이에요.]

　이순경 특유의 독설이 나왔다. 하지만 누구 하나 반박을 할 수 없었다. 그만큼 와이번스의 최근 타격은 좋지 않았으니까 말이다. 그건 선수들 본인도 잘 알고 있었다.

　'오늘은 반드시 출루해야 돼.'

　최근 7타석 연속 출루를 하지 못한 리드오프 김대우가 다짐을 하며 타석에 들어섰다. 그의 얼굴에는 비장함까지 깃들어 있었다.

　'찬열이가 기록 달성을 하지 못하는 건 나 때문이다. 내가 제대로 출루를 했다면 찬열이를 피하지 못했을 거야.'

　김대우는 책임감을 느끼고 있었다. 같은 팀의 동료로서 그리고 선배로서 후배의 앞길을 막는 기분이었다.

　'반드시 나간다.'

　결의를 다진 김대우가 타석에 섰다. 문제는 상대가 한승현이었다.

　뻥-!

"스트라이크!"

강속구가 미트에 박히는 순간 마치 폭탄이 터진 듯한 굉음이 들려왔다.

[굉장합니다! 초구부터 무려 154km가 쩍히는 강속구가 나왔습니다!]

[구속도 구속이지만 타자의 무릎 높이를 파고드는 날카로운 제구력도 예술입니다.]

'제길……'

김대우는 죽을 지경이었다.

'어떻게든 나가야 돼.'

그는 입술을 깨물며 2구를 기다렸다. 와인드업을 한 한승현이 공을 뿌렸다.

촤악-!

그 순간 김대우가 자세를 낮추며 배트를 양손으로 잡았다.

기습번트였다. 김대우의 올 시즌 내야안타는 17개가 될 정도로 빠른 발을 자랑하고 있었다.

어떻게든 3루 쪽으로 굴리면 1루에서 살 수 있다. 그런 자신감이 있었다.

"헉!"

하지만 공이 자신의 몸 쪽을 파고드는 모습에 자신도 모르게 몸을 뒤로 뺐다. 자연스레 제대로 된 번트를 댈 수 없었다.

딱-!

거기에 최악으로 공이 배트에 맞으면서 높게 떠올랐다. 달려오던 3루수가 가볍게 공을 포구했다.

퍽-!

"아웃!"

[아~ 기습번트를 시도했지만 3루수 뜬공이 되었습니다.]

[156km의 강속구가 몸 쪽으로 날아오니 제대로 번트를 댈 수 없었습니다. 불행하게도 몸을 빼는 순간 공이 배트에 맞았고 평범한 내야 플라이가 되고 말았어요. 아웃 카운트를 그냥 헌납하고 말았습니다.]

최악의 스타트였다. 그리고 그 분위기는 고스란히 다음 타자들에게도 넘어갔다. 그 모습을 바라보는 김대우는 자책했다.

'멍청한 새끼! 거기서 배트를 댈 배짱도 없었던 거냐?!'

퍽퍽-!

자신의 머리를 쥐어박는 김대우에게 누구도 위로의 말을 건네지 못했다. 그의 심정을 누구보다 잘 알았기 때문이다.

그건 찬열도 마찬가지였다. 김대우가 어째서 자책을 하고 있는지 무슨 생각으로 번트를 대려고 했었는지도 잘 알았다.

조용히 자리에 앉아 그라운드를 노려보는 찬열은 속에서 부글부글 끓는 무언가를 억누르려 노력했다.

* * *

"흡-!"

윤정길이 유연한 투구 폼으로 공을 뿌렸다. 직선으로 날아가던 공이 뱀이 이동하듯 밑으로 궤적을 꺾었다.

딱-!

타자의 배트가 공의 위를 때렸다. 크게 바운드가 일어난 공을 3루수 이성준이 잡아 2루로 던졌다.

퍽-!

"아웃!"

2루수 김대우는 곧장 1루로 공을 송구했다.

퍽-!

"아웃!"

[5-4-3 더블플레이가 완성됩니다! 1루에 주자가 나갔지만 기회를 살리지 못하는 타이거즈입니다.]

[윤정길 선수의 싱커가 매우 날카롭습니다. 오늘 경기 투수전이 될 가능성이 높아 보이네요.]

[저희는 잠시 후 2회 말에 돌아오겠습니다.]

벤치에 앉아 있던 찬열이 일어났다. 그는 자신의 헬멧을 착용하고 더그아웃을 빠져나갔다.

"정찬열! 정찬열! 정찬열!"

"찬열아!! 오늘은 날려라!"

"오빠! 힘내요!"

더그아웃 바로 위 관중석에서 응원이 쏟아졌다. 응원의 물결은 곧 와이번스를 응원하는 모든 관중에게 퍼져 나갔다. 순식간에 문학구장에 정찬열이란 이름 세 글자가 쏟아졌다.

하지만 찬열은 그 응원을 듣지 못했다. 정확히 말하면 그의 귀에 들리지 않았다.

부웅-! 부웅-!

타석에 들어서기 전 배트를 돌리는 찬열의 눈에는 하나의 점이 보였다. 스윙을 할 때마다 배트가 그 점을 지나갔다. 몇 번의 스윙으로 정확한 궤적을 만들어낸 찬열이 타석으로 들어섰다. 스파이크의 징을 이용해 타석의 흙을 파냈다. 그곳에 정확히 징을 꽂아 넣어 앞발을 고정시킨 찬열이 배트로 홈 플레이트보다 조금 더 앞의 공간을 가리켰다.

그 모습이 무척이나 진중했다. 결의마저 느껴지는 그 모습에 지켜보는 관중들 중 몇몇은 침을 꿀꺽 삼켰다.

찬열은 자신의 눈에만 보이는 흰 점을 히팅 포인트에 고정을 시켰다. 그리고 고개를 들어 한승현을 바라봤다. 그의 어깨 너머에는 수비수들과 넓은 그라운드가 펼쳐져 있었다.

하지만 찬열의 눈에는 오로지 한승현 한 명만이 보였다. 모든 준비를 끝낸 찬열이 배트를 어깨에 걸쳤다.

"플레이볼!"

[2회 말 시작됩니다. 괴물 대 괴물! 과연 어떤 결과가 나올지 벌써부터 흥분이 됩니다!]

사인을 교환한 한승현이 투수판을 밟았다.

짧게 숨을 들이마시는 순간.

와인드업이 시작됐다.

찬열은 한승현의 발이 마운드 위에 떨어지는 타이밍을 맞춰 왼발을 내디뎠다.

"흡!"

숨을 들이마시면서 한승현이 공을 뿌렸다. 그 순간 찬열의 골반이 회전했다. 두 눈은 날아오는 공에 고정을 시키고 히팅 포인트를 조절했다.

가상의 포인트와 공의 궤적이 일치하는 순간.

찬열의 상체가 돌아갔다.

부앙-!

배트가 바람을 가르며 굉음을 토해냈다.

궤적과 궤적이 만나려는 순간.

공이 떨어지지 않았다.

부웅-!

배트가 허공을 갈랐다.

뻑-!

"스트라이크!"

공은 그대로 미트에 박혔다.

[헛스윙! 정찬열 선수의 배트가 허공을 가릅니다!]

'미친!'

찬열의 얼굴에 황당함이 어렸다.

헛스윙을 해서?

아니다.

방금 전 공의 궤적을 눈으로 확인했기 때문이다.

'라이징 패스트볼이라니.'

흔히 떠오르는 공이라 잘못 알려진 구종이다. 하지만 언더핸드 투수가 아니고서는 떠오르는 공을 던질 순 없다. 즉, 잘못된 상식이란 소리다.

라이징 패스트볼은 공의 역회전이 강하게 걸려 보통의 패스트볼보다 낮게 떨어지는 공을 의미한다. 타자의 입장에서는 통상적인 패스트볼의 궤적에 스윙을 맞추기 때문에 마치 공이 떠오르는 것 같은 착각을 일으킨다. 방금 전 한승현이 던진 공이 그러한 라이징 패스트볼이었다.

'역시 괜한 짓을 했다니까.'

한편으로 후회를 하면서도 입가에는 미소가 지어졌다.

'궤적을 바꾼다.'

찬열은 자신의 머릿속에 있는 궤적을 변경했다. 하지만 한승현도 그 정도는 예측했다.

뻑-!

[또다시 헛스윙! 정찬열 선수 두 번의 헛스윙으로 투스트라이크로 몰립니다!]

이번에는 공이 정상적인 패스트볼 궤적을 그리며 떨어졌다.

보통의 패스트볼. 그리고 라이징 패스트볼.

두 가지를 섞어 던지면 타자의 입장에서는 혼란이 올 수밖에 없었다.

'조금 더 공을 여유 있게 보자.'

평균 구속이 150㎞를 상회하는 한승현의 공을 여유롭게 보는 건 힘든 일이다.

만약 찬열이 아니라면 불가능했을 것이다. 하지만 독특한 타격 메커니즘을 가진 찬열에게는 가능한 일이었다. 그는 상체의 회전을 최대한 늦추면서 공의 궤적을 보려 노력했다.

그 결과.

딱-!

"파울!"

딱-!

"파울!"

[연달아 파울을 만들어내는 정찬열 선수!]

[한승현 선수도 고집이 있네요. 본인의 주 무기인 패스트볼을 4

구째 던지고 있습니다. 그런데도 톱클래스 타자인 정찬열 선수가
제대로 공을 때리지 못합니다.]

한승현의 공은 단순히 빠르기만 한 게 아니었다. 구위가
일반의 것을 넘어섰다.

'하긴, 구위가 없으면 애초에 라이징도 던지지 못하겠지.'

타석에서 벗어난 찬열이 배트를 돌려댔다.

'그래도 조금씩 타이밍이 맞고 있다.'

첫 번째 파울에서 타구는 1루 관중석 쪽으로 날아갔다.

배트가 밀린 것이다. 하지만 두 번째 파울에서는 타구가
백네트를 흔들었다. 타이밍이 맞지 않았다면 이전처럼 1루
쪽 관중석으로 갔을 것이다.

찬열은 다시 타석에 섰다. 사인을 교환한 한승현이 와인드
업과 함께 공을 뿌렸다.

'걸렸……!'

배트를 돌리는 순간.

공이 밑으로 떨어졌다.

깜짝 놀란 찬열이 다급히 손목을 틀어 배트를 잡았다.

홈 플레이트 위를 지나가는 배트. 하지만 구심의 콜은 떨
어지지 않았다. 포수가 곧장 1루심을 바라보며 배트가 돌았
음을 확인했다. 모든 이의 시선이 1루심에게 집중됐다.

그때 1루심이 양팔을 좌우로 뻗었다.

"와아아아!"

"우우우우!"

야유와 함성이 교차했다.

[세이프입니다! 아슬아슬하게 세이프!]

[손목 힘이 정말 좋네요. 저는 돌아갔다고 판단했는데 그걸 잡았어요.]

[이번에 한승현 선수가 던진 공은 커브였나요?]

[아닙니다. 슬라이더였어요. 종으로 떨어지는 슬라이더였는데 각도가 매우 크네요. 구속도 140㎞가 넘어서 정찬열 선수가 속을 수밖에 없었어요.]

백네트 뒤에서 한승현의 투구를 바라보던 레드삭스의 스카우트는 감탄을 터뜨렸다.

"방금 전 공은 베스트였습니다. 일본의 다르빗슈가 던지는 슬라이더와 흡사하네요."

통역으로 함께 온 직원이 고개를 갸웃했다. 다르빗슈 유라고 한다면 일본의 에이스로 급성장한 투수다. 아무리 그래도 1년 차인 한승현의 그와 비교가 될 리가 없다는 생각에서였다. 스카우트는 더 이상 부연 설명을 해주지 않았다.

하지만 이런 생각을 하는 건 레드삭스의 스카우트만이 아니었다. 구장을 찾은 대부분의 외국 스카우트들이 동일한 생각을 가졌다.

−한승현도 미국에서 통할 실력을 가지고 있다.

올 시즌 찬열의 영향 덕분에 수많은 고위 스카우트가 한국을 찾았다. 그들은 단순히 찬열만이 아니라 다른 선수들도 유심히 지켜보고 있었다.

그리고 한 가지 결론을 내렸다.

'한국의 톱클래스 선수들은 결코 일본에 밀리지 않는다.'

신천지였다. 아직 누구도 개척하지 못한 미지의 땅이었다. 그렇기에 잠자고 있는 보물이 너무도 많았다.

그사이 찬열은 두 개의 파울과 하나의 볼을 더 얻어냈다.

[끈질긴 승부입니다! 7구를 던졌지만 여전히 볼카운트는 2볼 2스트라이크!]

[한승현 선수가 변화구를 3구 연속으로 던졌습니다. 그럼에도 정찬열 선수가 모두 커트를 해냈죠. 이렇게 되면 투수의 입장에서는 던질 게 없어집니다.]

한승현이 거친 숨을 내쉬었다.

'쉽지 않네.'

프로 데뷔를 한 뒤로 가장 상대하기 껄끄러운 타자다.

'감독님이 왜 걸어 내보내도 된다고 하셨는지 이해가 돼.'

경기 전.

한승현은 감독인 이남석과 독대를 했다. 거기서 이남석은 정찬열은 고의사구로 내보내도 된다는 이야기를 들었다.

자존심이 상했다. 비록 그에게 피홈런을 허용하긴 했지만 삼진도 잡아냈었다. 그런데 고의사구라니?

하지만 막상 상대하니 이해가 됐다.

'복귀 이후 전혀 다른 괴물이 되어버렸다.'

한승현이 찬열과 상대를 한 건 전반기가 마지막이었다.

후반기에는 로테이션이 맞지 않아 한 번도 승부를 한 적이 없었다.

'그렇다 하더라도 피하진 않는다.'

한승현이 상체를 숙이고 사인을 교환했다. 그 역시 에이스의 자존심이 있다. 에이스는 4번 타자와 승부를 피해서는 안 된다.

'간다.'

한승현이 직접 사인을 냈다. 1년 차 투수가 사인을 낸다는 건 이례적이었다. 그만큼 한승현의 위치가 팀 내에서 높아졌다는 걸 의미했다.

'몸 쪽 패스트볼.'

정면승부였다.

'라이징.'

사인을 받은 포수가 고개를 끄덕였다. 준비를 끝낸 한승현이 투수판을 밟았다. 긴장감이 어깨를 짓눌렀다.

하지만 이겨내야 한다.

지금 이 순간을.

좌악-!

마운드 위의 흙먼지가 휘날렸다. 동시에 한승현의 시선이 미트를 노렸다.

"흡!"

외마디 기합 소리와 함께 그의 손에서 공이 떠났다.

실밥이 긁히는 느낌, 공을 누르는 손끝의 힘.

모든 것이 완벽했다. 복귀 이후 자신이 던진 가장 베스트를 선택하라면 이게 될 것이다.

쐐애애액-!

그 순간 찬열의 골반이 회전했다. 직후 상체가 회전을 하면서 모든 힘과 회전력까지 배트에 집중시켰다. 오른쪽 옆구리에 붙은 팔꿈치가 배를 훑고 지나갔다.

따악-!

[쳤습니다!]

좌익수가 동시에 움직였다.

[타구를 확인한 좌익수 천천히 뒤로 물러납니다.]

좌익수 쪽 관중석에 앉아 있는 관중 중 몇몇이 일어났다.

하지만 대다수의 관중은 앉아 있었다.

홈런이 되기에는 타구가 너무 느리고 높게 떴기 때문이다.

[타구의 체공 시간이 무척 길군요. 어느새 정찬열 선수 1루를 돌

았습니다.]

툭-!

그때 뒤로 물러나던 좌익수가 펜스에 등을 부딪쳤다.

"어?"

"설마……."

그 모습을 본 관중들이 하나둘 자리에서 일어났다.

검은 하늘에 잠자리채가 움직였다.

[좌익수!! 펜스에 가려 더 이상 물러나지 못합니다! 하지만 타구
는 떨어질 생각을 하지 않습니다!]

타구가 담장을 넘어 한 관중의 잠사리채에 쏙 들어갔다.

[넘어갔습니다!!! 아시아 신기록과 타이를 이룹니다!!]

한 시즌 56번째 홈런이었다.

* * *

홈런을 맞았지만 한승현은 강했다.

이후 타자를 모두 삼진과 범타로 처리하며 무실점 피칭을
이어갔다.

타이거즈 역시 저력이 있었다.

한국 시리즈 직행을 위해 타자들이 힘을 냈다.

딱-!

[라인 안쪽으로 떨어집니다! 3루 주자 홈인! 그리고 2루 주자도 3루를 돌아 홈으로 파고듭니다! 들어왔습니다! 순식간에 경기를 뒤집는 타이거즈입니다!]

4회 초.

타이거즈는 연속 안타로 점수를 뽑아냈다.

이동건은 발 빠르게 움직였다.

[투수 코치가 나옵니다. 윤정길 선수를 벌써 내리나요?]

[시즌 마지막 경기이다 보니 흔들리는 윤정길 선수를 기다리는 것보다는 빠른 투수 교체로 승부를 보는 것 같습니다.]

[다음 투수로 김태현 선수가 올라옵니다.]

올 시즌 두 자리 승리를 챙긴 김태현은 와이번스에서 완벽히 자리를 잡았다.

그리고 이동건의 기대대로 그는 남은 아웃 카운트를 모두 삼진으로 올리며 순식간에 위기를 벗어났다.

경기장이 다시 뜨거워졌다.

[4회 말 선두타자는 2번 이성훈 선수가 타석에 들어섭니다. 마운드에는 여전히 한승현 선수가 있습니다.]

펑ㅡ!

"스트라이크! 아웃!"

한승현은 마치 게임을 하듯 삼 구 만에 삼진을 잡아냈다.

[또다시 삼진! 한승현 선수 벌써 탈삼진을 8개째 잡아냅니다!]

찬열에게 맞은 단 하나의 홈런.

그것만 아니었어도 한승현의 오늘 피칭은 완벽 그 자체였다. 실제로 1루를 밟았던 건 찬열밖에 없었다.

딱ㅡ!

[2루수 공을 잡아 1루에 송구! 아웃입니다. 투아웃!]

또다시 아웃 카운트가 올라갔다.

투아웃이 됐지만 와이번스의 관중들은 환호를 질렀다.

그들의 시선에 찬열이 타석에 들어오는 게 보였다.

[아시아 신기록을 달성한 정찬열 선수! 관중들의 박수와 함께 타석에 들어섭니다!]

[정말 대단한 선수예요. 2년 차에 아시아 신기록을 달성하다니 말이죠.]

그를 바라보는 사람들은 일말의 기대를 했다.

57번째 홈런.

만약 다른 선수라면 이런 기대를 하지 않았을 것이다.

그리고 56번째 홈런만 기록하더라도 정말 대단하다는 이야기를 했을 것이다.

하지만 찬열이기에.

이미 탈아시아급의 실력을 보여주고 있는 그였기에 사람들은 기대했다.

인터넷도 실시간으로 이번 경기에 대한 반응이 나왔다.

-아시아 신기록 경신한다에 내 손목을 걸겠음.

-장난함? 한승현이 실투해서 홈런만 맞지 않았어도 오늘 퍼펙트임.

-야알못 등장하셨네. 그게 실투라면 오늘 한승현이 던진 모든 공이 실투지. 완벽하게 제구된 공이었고 완벽한 코스였는데, 정찬열이 대단한 거지.

타석에 선 찬열은 다시 집중력을 끌어올렸다.

체력적인 부담이 없다.

이후를 신경 쓰지 않아도 됐다.

그렇기에 자신의 남은 모든 힘을 집중시킬 수 있었다.

'와라.'

한승현이 와인드업을 했다.

어깨 너머로 숨겨진 팔을 노려보며 찬열이 왼발을 내디뎠다.

한승현의 키킹보다 한 타이밍 빨랐다.

찬열은 노리고 있었다.

그의 가장 자신 있어 하는 공인 라이징 패스트볼을.

"흡!"

한승현의 팔이 채찍처럼 허공을 때렸다.

바깥쪽을 매섭게 찔러오는 공에 찬열의 배트가 돌아갔다.

딱-!

경쾌한 소리와 동시에 배트를 쥔 손목이 아팠다.

찬열은 이를 악물고 그대로 배트를 밀어냈다.

"흐아압!"

괴성과 함께 공이 튕겨져 나갔다.

라인드라이브로 우익수 방면으로 날아가는 타구를 확인한 찬열이 주먹을 불끈 쥐었다.

[넘어갔습니다!!! 2타석 연속 홈런! 새로운 아시아 신기록이 작성됩니다! 57번째 홈런을 밀어 쳐서 만들어내는 정찬열 선수입니다!!]

다이아몬드를 도는 찬열의 모습이 전국으로 송출됐다.

집에서 그것을 보는 정기홍은 자신도 모르게 눈물을 흘리고 있었다.

가족에게 언제나 강인한 모습을 보여줘야 된다는 생각에 한 번도 눈물을 보이지 않았던 그였다. 그렇기에 김미숙은 놀라면서도 남편의 기분을 알 수 있었다.

그녀는 손을 뻗어 주먹을 불끈 쥔 남편의 손을 부드럽게 잡아주었다.

* * *

[속보입니다. 방금 전 이승택 선수가 세웠던 한 시즌 최다 홈런이자 아시아 신기록인 56홈런을 넘어 57번째 홈런을 기록했다는 소식

이 들어왔습니다.]

야구를 중계하지 않는 공중파에서 기존 프로그램을 중단하고 찬열의 홈런에 대한 특보를 내보냈다.

[인천 와이번스의 정찬열, 4회 말 광주 타이거즈의 한승현이 던진 160km 포심 패스트볼을 때려 57호 홈런 달성. 아시아 신기록 경신!]

각 플랫폼에서는 정찬열의 이름이 실시간 검색어에 올라갔고 언론사에서도 발 빠르게 그의 아시아 신기록에 대한 기사를 내놓았다. 와이번스 역시 발 빠르게 움직이기는 마찬가지였다.

"빨리 파악해서 홈런 볼 회수해!"

"예!"

이혜성은 다급히 관중석으로 달려갔다.

56호 홈런 볼을 회수한 지 불과 한 시간도 지나지 않았다. 그런데 또다시 57번째 홈런 볼을 회수해야 했다.

'미치겠네!'

달리느라 숨이 차올랐지만 그의 입가에는 그 어느 때보다 진한 미소가 그려져 있었다.

아시아 신기록을 달성한 찬열은 의외로 차분했다.

더그아웃으로 돌아와 동료들의 축하를 받은 그는 벤치에 앉아 호흡을 가다듬고 있었다.

'아직…….'

고개를 들어 전광판을 바라봤다.

이제 4회 말이다.

대충 계산하더라도 앞으로 2번의 기회가 더 찾아온다.

3번의 기회가 찾아오기 위해서는 타이거즈가 이기고 있으면서 타자들 중 한 명이 출루를 해줘야 했다.

"후우-!"

하지만 찬열은 거기까지 생각하지 않았다. 아니, 못하는 게 정확한 표현이다.

현재 그는 약간의 흥분이 몸을 지배하고 있는 상황이었다.

그는 자신의 손을 내려다봤다.

'언제라도 칠 수 있을 거 같다.'

10경기 연속 홈런을 만들어냈을 때도 비슷한 감각을 느꼈다.

그런데 지금은.

'그때보다 강하다.'

불끈-!

찬열이 주먹을 쥐었다.

* * *

딱-!

[우익수 쪽!]

[아~ 이건 넘어갔어요.]

[넘어갔습니다! 6회 초 최승훈 선수의 투런 홈런이 터집니다! 또다시 역전에 성공하는 타이거즈! 이로써 스코어는 4 대 2가 됩니다!]

이동건은 또다시 움직였다.

김태현을 내리고 박상두를 마운드에 올렸다.

[와이번스 선발을 모두 계투로 투입하면서 총력전을 합니다.]

[오늘 경기가 끝나면 와이번스는 꽤 오랜 시간 휴식을 취할 수 있습니다. 그러니 선발투수를 중간에 투입해도 포스트시즌에서는 영향이 없습니다.]

마운드에 오른 박상두는 기대 부응하듯 세 명의 타자를 삼자범퇴로 처리하고 내려왔다.

벌써 세 명의 투수를 투입한 와이번스와 달리 타이거즈는 한승현이 계속해서 마운드를 지키고 있었다.

아직까지 찬열에게 맞은 2개의 홈런을 제외하고는 완벽한 피칭을 이어가고 있는 한승현이다.

하지만.

딱-!

[중견수 앞에 떨어지는 안타!]

딱—!

[3유간을 빠져나갑니다! 연속 안타를 허용하는 한승현!]

갑작스런 구위 저하가 찾아왔다.

그 모습을 지켜보는 타이거즈의 이남석이 마운드를 올라갔다.

[이남석 감독! 직접 마운드를 방문합니다.]

[중요한 경기이니만큼 직접 나서는군요.]

마운드에 도착한 이남석은 한승현의 어깨를 두드렸다.

"고생했다."

한승현이 고개를 떨어뜨렸다. 그리고 이남석에게 공을 건넸다.

[아~ 바로 교체입니다! 연속 안타를 맞았다지만 마운드를 잘 지켜온 한승현 선수를 바로 교체하는 이남석 감독!]

[이건 다소 의외의 선택이네요. 아직 투구 수가 73개이니 여유가 있을 텐데요.]

이남석은 더그아웃으로 돌아가는 한승현을 보며 짧게 한숨을 내쉬었다.

'전력투구를 했는데도 70구 이상을 던져 주다니. 고맙다.'

그는 오늘 경기에서 한승현을 길게 가져갈 생각이 없었다.

이동건과 마찬가지로 벌떼야구로 완벽하게 타선을 제압할

생각이었다.

그래서 경기 전 회의 때 한승현에게 처음부터 전력투구를 하라는 주문을 했다.

그런데 예상외로 한승현이 잘 버텨줬다.

그의 예상대로라면 3회를 전후로 해서 마운드를 교체할 생각이었다. 하지만 한승현이 6회까지 버텨주면서 투수를 아낄 수 있었다.

'이제는 철저하게 지키는 야구로 간다.'

그러나 야구란 것은 감독의 생각대로 풀려가지 않는다.

퍽-!

"스트라이크 아웃!"

[두 번째 투수로 마운드에 올라온 타이거즈의 2선발인 도널드 선수가 삼진을 잡아냅니다!]

1사 1, 2루의 상황.

타석에는 김상필이 들어왔다.

'이번 기회를 뒤로 이어줘야 된다.'

루틴에 들어가기 전 대기타석을 힐끔 바라봤다.

방망이를 돌리는 찬열의 모습이 그 어느 때보다도 믿음직스러웠다.

'내가 해결하지 않아도 돼.'

김상필은 집중력을 끌어올렸다.

그 결과.

퍽-!

"베이스 온 볼!"

[볼넷입니다! 풀카운트에서 떨어지는 변화구를 택했지만 김상필 선수의 배트가 나오지 않았습니다!]

[좋은 선구안입니다!]

[타석에는 오늘 경기 2연타석 홈런을 기록한 정찬열 선수가 들어섭니다!]

"정찬열! 정찬열! 정찬열!"

57번째 홈런을 기록한 찬열의 등장에 경기장이 들썩였다.

하지만 찬열은 무심한 얼굴로 타석에 들어섰다.

"후우-!"

깊게 한숨을 내쉰 찬열이 배트를 쥐었다.

집중력을 최대한 끌어올렸다.

[도널드 선수, 초구 던집니다.]

퍽-!

"볼!"

[바깥쪽으로 많이 벗어나는 볼입니다. 만루 상황이지만 역시 쉬운 승부는 하지 않는군요.]

[승부를 피하진 않을 겁니다. 하지만 말씀하신 대로 좋은 공은 주지 않겠죠.]

도널드가 2구를 던졌다.

위에서 밑으로 떨어지는 커브였다.

그것을 확인한 찬열의 배트가 매섭게 돌아갔다.

따악—!

밑에서 위로 올려치는 어퍼 스윙에 정확히 공이 맞았다.

높게 떠오른 타구를 바라보며 찬열이 배트를 손에서 놓았다.

배트가 땅에 떨어지는 순간.

쿵—!

라인드라이브로 날아간 공이 전광판을 때렸다.

"와아아아아아!"

[사, 사, 삼 연타석 홈런입니다! 정찬열 선수! 순식간에 자신이 세운 아시아 신기록을 58개로 늘립니다!]

[엄청납니다! 정말 엄청납니다! 눈으로 보고도 믿을 수 없습니다!]

[만루 홈런으로 순식간에 스코어는 6 대 4! 역전하는 와이번스!!]

관중들이 모두 자리에서 일어났다.

하지만 자리에 앉아 있는 사람들도 있었다.

바로 외국 구단의 스카우트들이었다. 특히 메이저리그 쪽 관계자들은 넋을 놓고 그라운드를 보고 있었다.

"이건……."

"말도 안 돼……."

"저런 선수가 한국에 있다고?"

모두 다른 장소에 앉아 있었다.

하지만 그들의 입에서 나온 말과 감정은 단 하나였다.

경이로움.

야구의 본고장인 메이저리그 관계자들조차 입을 다물지 못하게 만든 찬열이 다이아몬드를 달려 홈으로 돌아왔다.

* * *

모두 승부의 추가 넘어갔다 생각했다.

만루 홈런이다.

게다가 아시아 신기록 경신이라는 대업의 희생양이 된 타이거즈다.

당연히 따라가지 못할 것이라 판단했다.

하지만 타이거즈의 뒷심은 대단했다.

8회에 2점을 추가해 동점을 만들어낸 타이거즈는 9회에 또 한 번의 찬스를 잡아냈다.

[2사 2루 찬스. 타석에는 오늘 홈런을 추가한 최승훈 선수가 들어섭니다.]

최승훈은 박상두의 초구를 그대로 잡아당겼다.

딱-!

[쳤습니다! 2루 주자, 3루 돌아 홈으로 파고듭니다!]

좌아아악─!

슬라이딩과 함께 홈 플레이트를 손이 쓸고 지나갔다.

[세이프! 세이프입니다! 9회 초 극적으로 역전에 성공하는 타이거즈!!]

또다시 역전.

마지막 순간까지 손에 땀을 쥐게 만드는 경기에 모든 관중이 자리에서 일어났다.

와이번스는 또다시 마운드를 교체했다.

올 시즌 셋업맨으로 활약한 권태훈이 올라왔다.

퍽─!

"스트라이크! 아웃!"

[권태훈 선수 삼진으로 깔끔하게 마지막 아웃 카운트를 잡아냅니다.]

9회 초 1점 차 리드.

언제든지 뒤집힐 수 있는 점수 차다.

하지만 또 잘 뒤집히지 않는 점수였다.

양 팀의 집중력이 가장 높은 순간이기 때문이다.

뻐억─!

"스트라이크! 아웃!"

[타이거즈의 마무리 투수 차동민 선수! 삼진으로 첫 아웃 카운트

를 잡아냅니다!]

　김상필이 물러났다. 더그아웃으로 들어가던 그는 찬열과 교차할 때 입을 열었다.

　"부탁한다."

　찬열은 작게 고개를 끄덕이고 타석에 섰다.

　눈을 감았다가 뜬 찬열은 마운드 위의 차동민을 노려봤다.

　정신을 집중시키자 차동민만이 그의 시야에 남았다.

　[과연 타이거즈가 한국 시리즈로 직행을 할 것인지! 아니면 정찬열 선수가 또다시 새로운 역사를 만들어내면서 타이거즈를 막아 세울 것인지 기대됩니다!]

　배터리가 사인을 교환했다.

　매우 신중했다.

　'바깥으로 흘러나가는 슬라이더.'

　여차하면 볼넷으로 내보낼 생각이었다.

　비겁한 방법이지만 팀의 승리가 걸린 경기였다.

　한편으로는 대기록의 희생양이 되고 싶지 않았다.

　차동민도 고개를 끄덕였다.

　깊게 숨을 내쉰 그가 와인드업과 함께 공을 뿌렸다.

　"헉!"

　공을 놓는 순간 그는 헛바람을 들이켰다.

　손끝을 떠나는 순간 깨달았다.

실투다.

바깥쪽에서 더욱 바깥쪽으로 흘러나가야 될 공이다.

하지만 공은 밋밋하게 꺾였다.

제대로 회전이 되지 않은 것이다.

그리고 찬열은 그 실투를 놓치지 않았다.

후웅-!

따악-!

경쾌한 소리와 함께 공이 우익수 방향으로 날아갔다.

텅-!

관중석 계단에 부딪힌 공이 굉음을 토해냈다.

그게 신호가 된 듯 관중석에서 괴성과도 같은 함성 소리가 터져 나왔다.

"와아아아아아!"

"정찬열! 정찬열! 정찬열!"

[미, 미, 믿을 수 없습니다! 4연타석 홈런이 터집니다! 정찬열 선수 59호 홈런을 터뜨립니다!]

누구도 생각하지 못한 기록이 나왔다.

4연타석 홈런.

그리고 59호 홈런.

모든 이가 당황하면서도 놀라는 상황.

가장 당황스러운 건 방송국 관계자들이었다.

'이걸 또 특보로 내보내야 돼?'

인터넷의 실시간 검색어 1위부터 10위까지도 찬열의 차지였다. 각종 사이트에서는 찬열에 대한 소식이 이슈가 되어 퍼졌다. 모르는 사람들마저 포털 사이트의 실시간 중계에 접속했다.

너무 많은 사람이 몰리면서 포털 사이트 측에서는 다급히 서버를 늘려 중계가 멈추지 않도록 해야 했다.

전 국민의 관심을 받게 된 문학구장에서의 최종전. 그리고 경기는 다시 소강상태로 저물었다.

[스코어는 7 대 7! 11회 초가 끝났지만 여전히 양 팀은 승부를 결정짓지 못했습니다!]

11회 말을 앞둔 상황.

모든 이의 관심은 단 하나였다.

이번 이닝 세 번째 타자로 타석에 들어올 정찬열.

과연 그가 동양인 최초로 한일 양국에서 누구도 이루지 못한 60홈런이라는 대기록을 달성할 수 있을지에 대해서였다.

딱-!

"아웃!"

선두타자인 이성훈이 내야플라이.

후웅-!

"아웃!"

김상필 역시 헛스윙 삼진을 잡아내며 순식간에 투아웃이 올라갔다. 모든 이의 관심을 한 몸에 받으며 찬열이 타석에 들어섰다.

[정찬열 선수, 타석에 들어섭니다. 잠깐 찾아봤는데요. 정찬열 선수가 만약 이번 타석에서 60홈런을 기록하게 되면 이는 아시아 최초이며 또한 5연타석 홈런이 되면서 또 한 번의 세계기록을 달성하게 됩니다.]

[5연타석 홈런은 메이저리그나 일본 리그 모두 기록하지 못했었죠?]

[예, 단 한 번 나왔습니다. 아마추어 시절 우리나라의 강대웅 선수가 5연타석 홈런을 쳤습니다만 프로에서는 아직 전인미답의 기록입니다.]

꿀꺽-!

캐스터는 자신도 모르게 침을 삼켰다.

[제삼자인 저도 이렇게 긴장이 되는데 당사자인 정찬열 선수는 얼마나 긴장이 될지 상상조차 못하겠습니다.]

캐스터의 말과 달리 찬열은 긴장을 하지 않고 있었다.

지금만이 아니다.

아시아 신기록을 경신할 때도 그리고 9회 말 동점 홈런을 날렸을 때도 마찬가지였다.

스스로도 이상한 생각이 들 정도였다.

하지만 찬열은 깊게 생각하지 않았다.

'지금은 칠 생각만 하자.'

오직 하나의 생각에만 집중을 했다.

-그런데 이번 타석에서 정찬열 걸어 보내면 되지 않음?

누군가 인터넷에 하나의 글을 남겼다.

실시간으로 댓글이 달렸다.

-그럼 이남석은 레알 역적.

-하지만 팀의 승리가 중요하지.

-그렇다 하더라도 세계기록을 앞두고 있는 선수를 걸어 보낸다고?

-팀이 지게 생겼는데 그게 무슨 상관임?

-프로라면 승리를 먼저 생각해야지.

의견이 갈렸다.

사실 답이 없는 문제였다.

이남석이 설사 고의사구를 택하더라도 비난할 수 없었다.

하지만 이남석은 반대의 선택을 했다.

'정면승부 해.'

그 역시 한 명의 야구인이었다.

대기록을 앞둔 후배의 앞길을 막는 비열한 짓을 하고 싶지 않았다.

그렇다고 질 생각도 없었다.

자기의 선수를 믿는다.

이남석의 선택은 그런 의미도 담고 있었다.

타이거즈의 네 번째 투수 우영수는 이남석의 사인을 받고 고개를 끄덕였다.

그 역시 피하고 싶지 않았다.

자신의 공으로 당당하게 아웃 카운트를 올릴 것이다.

포수와 사인을 교환한 그가 와인드업을 했다.

"차앗!"

뻐억-!

"스트라이크!"

[전력투구! 기합 소리가 중계석까지 들릴 정도입니다! 초구 낮은 코스를 파고드는 스트라이크입니다!]

[고의사구를 택할 수 있었지만 타이거즈는 정면승부를 택합니다. 과연 이 선택이 독이 될지 아니면 득이 될지 지켜보도록 하겠습니다.]

[우영수 선수! 2구 던집니다!]

몸 쪽 무릎 높이에서 아래로 떨어지는 체인지업이었다.

그 순간 찬열의 배트가 바람을 갈랐다.

후웅-!

딱-!

경쾌한 소리와 함께 공이 날아갔다.

모든 이의 시선이 타구를 따라갔다.

[쳤습니다! 제대로 맞은 타구! 중견수 뒤로 물러나다 따라가는 걸 포기합니다!!! 그대로…… 넘어갑니다!!]

KBO 최초 60호 홈런의 탄생이었다.

* * *

[한국 야구의 역사가 바뀌었습니다. 금일 문학구장에서 열린 정규시즌 최종전에서 인천 와이번스의 정찬열 선수가 세계 그 누구도 해내지 못한 5연타석 홈런을 기록했습니다.]

이로써 정찬열 선수는 기존의 이승택 선수가 달성했던 한 시즌 최다 홈런을 60개로 경신, KBO의 역사에 자신의 이름을 올렸습니다.

앞서 정찬열 선수는 10경기 연속 홈런이란 세계기록을 달성한 전례가 있습니다.

인천 와이번스는 최종전에서 광주 타이거즈를 누르고 리그 1위로 시즌을 종료, 2년 연속 페넌트레이스 우승과 함께 한국 시리즈에 직행하게 되었습니다.]

* * *

다음 날이 되어서도 찬열에 대한 이슈는 가라앉지 않았다.

실시간 검색어 10위권에 관련 검색어가 5개나 올라갔다.

야구 커뮤니티는 물론이고 일반 커뮤니티에서도 그의 이름과 기록에 대한 이야기가 오갔다.

팬 카페의 회원이 하루 만에 30만 명이 늘어난 것만 하더라도 인기와 관심을 짐작케 했다.

인터넷에서만이 아니었다.

김영재의 사무실은 전쟁 통이었다.

광고, 인터뷰, 스폰서 등등.

문의 전화가 끊이지 않아 모든 직원이 철야를 해야 될 정도였다.

또한 다음 날부터는 팬들의 선물이 끊임없이 도착했다.

퀵 배송부터 시작해서 직접 오는 사람들, 사무실 앞에 두고 가는 사람들도 있었다.

또 하루가 지나자 택배 물량이 어마어마하게 쏟아졌다.

김영재는 급하게 같은 건물 내에 비어 있는 사무실을 빌려야 했다.

행복한 비명을 지르고 있는 사이.

찬열은 단장 사무실에 앉아 있었다.

그의 앞에 있는 테이블에는 4개의 야구공이 고급스러워 보이는 케이스에 담겨 있었다.

"자네가 기록한 56호부터 60호 홈런이라네."

"벌써 회수하셨군요?"

"이 대리가 고생 좀 했지. 자네가 홈런을 너무 치는 바람에 그 친구가 외야석의 끝에서 끝까지 왕복 달리기 좀 했었어."

"하하……."

"오늘 중으로 모든 야구공을 회수했다고 기사가 나갈 걸세. 구단에서는 모두 박물관에 전시를 하고 싶은데. 정 선수의 의견은 어떠신가?"

사실 이런 질문은 의미가 없었다.

구단에서 사들인 물건이다.

당연히 소유자는 인천 와이번스에 있을 수밖에 없었다.

그런데도 이런 질문을 하는 건 일종의 생색내기다.

그 사실을 알았지만 기분이 나쁘진 않았다.

생색을 낼 만한 일이다.

아마 저 홈런 볼을 다 회수하는데 몇 억의 비용이 들었을 것이다.

"잘 부탁드리겠습니다."

대답은 이것으로 충분했다.

이진구의 미소가 그의 생각이 맞았음을 이야기해 주었다.

포스트시즌이 시작됐다.

3위 대전 이글스와 4위 대구 라이온스의 준플레이오프 경기가 열렸다.

1선발로 마운드에 오른 류성일은 7이닝 무실점 13탈삼진이라는 괴력투를 보여주었다.

그의 호투에 대전 이글스는 1차전을 가져갔다.

딱—!

TV를 끈 김영재가 말했다.

"아무리 생각해도 87라인은 뭔가 있는 거 같습니다. 하나같이 괴물이에요."

찬열은 미소를 지었다.

대답할 말이 딱히 없었기 때문이다.

그 역시 대답을 원한 건 아닌 듯 주제를 바꾸었다.

"공중파 예능 프로그램에서 섭외가 들어왔어요. 총 3곳입니다."

그러면서 한 장의 종이를 내밀었다.

공중파 3사의 메인이라 부를 만한 예능 프로그램이 모두 적혀 있었다.

"그중에서 무릎 팍 도사라는 프로그램은 한국 시리즈 이전에 출연해 주길 요청했습니다. 다른 곳도 말은 하지 않았지만 비슷한 눈치입니다."

인천 와이번스는 한국 시리즈에 직행했다.

즉, 시간적 여유가 있다는 뜻이다.

이때를 이용해 광고나 방송 프로그램에 출연할 수도 있었다.

이야기를 들은 찬열이 물었다.

"김 대표님 생각은 어떠신가요?"

"다 거절하는 게 좋습니다. 공중파 예능에 출연하면 인지도도 높아지고 광고 역시 더 많이 들어옵니다. 출연료 역시 높아지죠. 하지만 시기가 문제입니다. 현재 시점에 예능 프로그램 출연은 득보다 독이 될 가능성이 높습니다."

"저도 같은 의견입니다. 당분간은 한국 시리즈에 전념하고 싶습니다."

찬열이 단호하게 이야기했다.

"알겠습니다. 그렇다면 PD에게 연락을 해서 한국 시리즈 이후로 스케줄을 잡도록 하겠습니다. 다른 광고들 역시 스케줄은 그런 식으로 잡도록 하죠."

"예."

* * *

한국 시리즈에 직행한 팀은 중간에 경기가 없기 때문에 경기 감각이 떨어질 가능성이 높다.

그래서 청백전, 2군 팀과의 연습 경기를 통해 실전 감각을 유지하려 노력한다.

와이번스 역시 마찬가지였다.

딱─!

"오오!"

"또 넘어갔다!"

순식간에 담장을 넘어가는 타구에 외야수들이 그 자리에서 굳었다.

찬열은 여유롭게 다이아몬드를 돌았다.

그 모습을 지켜보는 이동건이 고개를 절레절레 저었다.

'이건 뭐, 컨디션 관리가 필요 없는 녀석이군.'

오늘 경기에서만 벌써 2번째 홈런이다.

상대가 2군 투수라고는 하지만 타구의 질이 대단했다.

"김 코치님."

"예."

"찬열이 교체시키세요. 다른 녀석들을 보도록 하죠."

"알겠습니다."

한국 시리즈는 변수가 많다.

다양한 선수를 기용하면서 그 변수에 대응을 해야 한다.

또한 찬열의 지금 상태는 긴 연습이 필요 없다.

'한국 시리즈에서는 찬열이 포수도 봐야 된다. 체력을 비축할 필요가 있어.'

최근 지명타자의 출전이 많았던 찬열이다.

하지만 그의 진정한 포지션은 포수다.

대체 자원으로 박현우가 있지만 내년을 생각해야 했다.

'큰 대회에서의 경험을 쌓아야 한다.'

이동건은 그라운드로 시선을 옮겼다.

'앞으로 더욱 성장해야 돼.'

그는 찬열이 더 높은 곳으로 갈 수 있기를 진심으로 바랐다.

7장
두 번째 포스트시즌

　대전 이글스는 대구 라이온스를 누르고 플레이오프에 진
출했다.

　이로써 사람들이 기대하던 에이스와 에이스의 대결이 펼
쳐지게 되었다.

　바로 류성일과 한승현의 대결이었다.

　1차전에서부터 맞붙은 두 사람은 최고의 피칭을 선보였다.

　빡—!

　"스트라이크! 아웃!"

　[대단합니다! 류성일 선수 이로써 16탈삼진을 기록합니다! 7이닝
무실점! 믿을 수 없는 호투를 보여주고 마운드를 내려갑니다!]

　당당하게 더그아웃으로 들어가는 류성일에게 우레와 같은

박수가 쏟아졌다.

한승현도 비슷한 상황이었다.

뻑—!

"스트라이크! 아웃!"

[삼진입니다! 이로써 17탈삼진을 기록하는 한승현! 마찬가지로 8
이닝 무실점으로 타선을 틀어막고 마운드를 내려갑니다!]

완벽한 투수전.

서로에게 질 수 없다는 듯 던지는 괴력투.

하지만 언제까지고 이어질 수 없었다.

류성일이 먼저 내려가고 셋업맨이 마운드를 올라왔다.

삼자범퇴로 이닝을 막은 이글스.

타이거즈 역시 한승현을 내리고 마무리 투수를 투입했다.
이번 회를 막고 9회 말에 경기를 끝내겠다는 생각에서였다.

하지만

딱—!

[아아아! 큽니다! 중견수 뒤로 물러납니다! 하지만 잡을 수 없습
니다. 타구는 그대로 담장 밖으로 넘어갑니다! 선취점을 올리는 이
글스!!]

이 홈런은 곧 결승점이 되어 이글스가 기선제압에 성공
했다.

* * *

기선제압에 성공한 이글스.

하지만 이후의 경기는 타이거즈의 압승으로 돌아갔다.

한번 기세를 잡은 호랑이는 무서웠다.

3차전까지 완승을 가져가 시리즈의 우위를 차지했다.

마지막 4차전이 남은 상황.

찬열은 경기가 진행되는 마지막 순간에도 구단의 센터에서 몸을 움직이고 있었다.

"후욱-! 후욱-!"

러닝머신에서 달리는 그의 얼굴에서 땀방울이 연신 떨어졌다.

상의는 이미 땀에 절어 본래의 색깔보다 더 진해져 있었다.

"찬열 씨!"

그때 한 남자가 센터 안으로 들어왔다.

그는 이혜성이었다.

삐빅-!

머신을 멈춘 찬열은 다급한 표정의 그를 보고는 무슨 일인지 직감했다.

"타이거즈가 이겼습니다!"

한국 시리즈에서 맞붙을 팀이 정해졌다.

* * *

찬열은 오랜만에 본가에 들렸다.

한국 시리즈가 열리기 전에 같이 밥을 먹자는 아버지의 연락 때문이었다.

본가에 들어서자 친척들이 모여 있는 게 보였다.

"너 힘내라고 다들 모였다."

"형! 우리 학교도 우승했어요! 그러니까 형도 우승해요!"

현성이 금메달을 내밀며 말했다.

거기에는 전국 초등학교 야구 대회 우승이라는 각인이 새겨져 있었다.

"오, 대단하네."

설마 이렇게 빠른 시기에 우승을 할 줄이야.

예상을 하지 못한 일이다.

"자, 나머지는 앉아서 이야기하자."

"네."

아버지의 말에 거실로 들어서자 이미 상다리가 부러지도록 차려진 음식들이 보였다.

"어머니 고생하셨겠네요."

"아침부터 고모랑 같이 준비하느라 난리도 아니었다. 그러니까 많이 먹어라."

"네, 아버지."

식탁에 앉자 고모와 어머니가 밥과 국을 퍼왔다.

"아들! 많이 먹어!"

"잘 먹겠습니다."

오랜만에 먹는 어머니의 밥상이었다.

소갈비찜부터 시작해서 잡채와 사골국 백숙까지.

하나같이 정성이 가득 담겨 있었다.

순식간에 밥 한 공기를 비운 찬열이 밥그릇을 어머니에게 건넸다.

"한 그릇 더 주세요."

"그래!"

환하게 미소를 지으며 주방으로 가시는 어머니를 보던 찬열이 현성이에게 물었다.

"그런데 벌써 우승을 하다니. 그렇게 실력이 좋아진 거야?"

"응! 감독님들도 형이 왔다 간 뒤로 잘 가르쳐 주시고 형들도 정말 열심히 연습했어. 게다가 학교에서도 이것저것 지원을 많이 해주셨어."

"그래?"

"특히 감독님들이 형이 보내준 야구용품들은 성적이 좋은 사람에게만 쓰게 하셔서 경쟁이 붙었거든."

"하하."

머리가 좋은 사람들이다.

어릴 때는 저런 것으로도 경쟁이 붙는다.

경쟁심은 곧 어린 선수들의 성장으로 이어진다.

그때 고모가 말을 덧붙였다.

"이번 대회에서 현성이도 포수로 경기에 나갔단다."

"정말요?"

"응, 같은 학년에서는 유일하게 나갔어. 게다가 안타도 때렸고."

"오, 대단한데?"

"헤헤."

칭찬을 받자 현성이 부끄러운 듯 고개를 숙였다.

"자~ 여기 밥 더 먹으렴."

"감사합니다."

어머니가 건네주시는 공깃밥을 받아 든 찬열의 식사는 다시 이어졌다.

즐거운 식사 시간이 끝나고 거실에는 다과상이 차려졌다.

대화가 시작되기 전 찬열이 미리 준비해 둔 봉투를 꺼냈다.

"한국 시리즈 관람 티켓이에요. 광주 경기는 구할 수 없었지만 인천에서 하는 경기는 모두 입장할 수 있으세요."

"고맙다."

대표로 아버지가 봉투를 받았다.

티켓을 전해 주자 찬열은 실감할 수 있었다.

한국 시리즈가 코앞으로 왔다는 걸 말이다.

* * *

[드디어 마지막이 왔습니다. 프로야구의 진정한 챔피언을 가리는 한국 시리즈를 인천 문학구장에서 보내드립니다!]

중계가 시작됐다.

국민의례를 시작으로 시구까지 경기 전 행사가 끝났다.

[오늘 와이번스의 배터리는 윤정길 투수와 정찬열 포수가 호흡을 맞추게 되었습니다.]

캐처 박스에 서 있는 정찬열에게 많은 시선이 쏟아졌다.

[사실 많은 야구 관계자가 한국 시리즈라는 큰 경기이기 때문에 정찬열 선수를 포수가 아닌 지명타자로 출전시키고 박현우 선수가 마스크를 쓸 수도 있다는 의견이 냈는데요. 이동건 감독의 선택은 포수 정찬열이란 카드를 선택했습니다. 어떻게 생각하십니까?]

[사실 포수로서 정찬열 선수 역시 인사이드 워크가 매우 뛰어난 선수입니다. 실제로 작년 시즌에도 한국 시리즈에서 훌륭하게 포수의 역할을 해내면서 팀을 우승으로 이끌었어요.]

인사이드 워크란 간단히 말해 두뇌 플레이를 이야기한다.

특히 포수는 빠른 상황 판단은 물론이거니와 여러 가지 판단을 내려야 하기 때문에 인사이드 워크를 매우 중요하게 생각하는 이들도 있었다.

[하지만 작년과 달라진 점은 경험이 더 풍부한 박현우 선수가 있다는 겁니다. 작년에는 박현우 선수의 공백이 길었기에 정찬열 선수가 한국 시리즈에도 출전을 했지만 올해는 다릅니다. 실제로 이동건 감독은 정규시즌에서 정찬열 선수의 아시아 신기록을 위해 박현우 선수를 기용한 적이 있어요. 개인적으로 생각하기에도 정찬열 선수보다는 경험이 많은 박현우 선수가 마스크를 쓰는 게 좋지 않나, 라는 생각이 듭니다.]

세간에서의 평가는 해설위원의 말과 비슷했다.

찬열은 분명 한국 야구에서 유례를 찾아볼 수 없을 정도의 타자였다.

하지만 포수로서는 아직 물음표였다. 그래서 일각에서는 찬열의 포지션을 변경하는 게 낫지 않겠냐는 이야기를 하기도 했다. 실제로 그를 대처할 수 있는 박현우란 카드도 존재했고 말이다.

"플레이볼!"

[경기 시작됩니다. 타이거즈의 1번 타자 이규영 선수를 상대로 어떤 공을 선택할지 기대됩니다.]

찬열의 눈이 차분하게 가라앉았다.

'바깥쪽 직구.'

고개를 끄덕인 윤정길이 투수판을 밟았다.

와인드업과 함께 공을 뿌렸다.

"흡!"

쐐액-!

바깥쪽을 날카롭게 찔러왔다.

그 순간 찬열의 눈앞으로 검은 물체가 지나갔다.

딱-!

경쾌한 소리와 함께 공이 3루수의 머리를 넘어갔다.

"와아!"

[초구를 강타! 3루수 키를 넘기는 안타를 만들어냅니다!]

[바깥쪽을 노리고 있었어요. 원하는 코스에 들어왔으니 가볍게 툭 밀어 친 겁니다.]

[시작부터 안타를 허용하는 와이번스! 까다로운 주자가 루상에 있습니다!]

"플레이볼!"

2번 타자가 타석에 들어섰다.

[이규영 선수는 언제든지 달릴 수 있습니다. 주루플레이에도 능하고 발도 빠릅니다.]

[그걸 알고 있는지 1루에 견제구를 연달아 던집니다.]

[이규영은 오히려 리드 폭을 늘리네요. 퀵모션과 견제 동작을 이미 파악하고 있다는 뜻이겠죠.]

"쯧."

윤정길이 짧게 혀를 찼다.

촐랑거리는 이규영이 신경을 거슬리게 했다.

그때 찬열이 눈에 들어왔다.

양팔을 벌린 그가 자신의 가슴을 두드렸다.

'나만 신경 써요.'

후배의 리드, 하지만 왠지 모르게 믿음이 갔다.

"후우-!"

짧게 한숨을 뱉은 윤정길이 고개를 끄덕였다.

찬열이 사인을 냈다.

'떨어지는 싱커.'

자신 있는 구종이다.

병살타를 만들어내기에도 적절하다.

윤정길이 투수판을 밟았다.

"흡!"

퀵모션과 함께 빠르게 공을 뿌렸다.

타닥-!

"고!"

그 순간 이규영이 달렸다.

아차 싶었다.

공은 이미 손을 떠났다.

타자도 기다렸다는 듯 배트가 돌았다.

하지만 워낙 날카롭게 꺾이는 싱커였기에 배트는 허공을 헛돌았다.

'늦었어.'

그러나 주자는 살 것이다.

윤정길의 싱커는 130㎞ 초반의 속도다.

이규영의 스타트가 느렸다면 모를까 잡을 수 없었다.

그때였다.

윤정길의 눈에 공을 잡은 찬열이 미끄러지듯 앞으로 무릎을 꿇으며 테이크백을 하는 게 보였다.

숙여!

그의 눈이 말했다.

윤정길이 반사적으로 몸을 숙였다.

"핫!"

동시에 찬열이 기합과 함께 공을 뿌렸다.

쐐액-!

낮게 날아간 공이 윤정길의 머리 위를 지나 그대로 2루수의 글러브에 박혔다.

퍽-!

글러브는 그대로 슬라이딩을 하는 이규영의 머리를 때렸다.

"아웃!"

[도루 실패! 도루 실패입니다! 이규영을 2루에서 잡아내는 정찬열! 앉아쏴로 이규영을 잡아냅니다!]

"우와아아아아아!"

"정찬열! 정찬열!"

이규영은 페넌트레이스에서 40도루를 기록한 선수다.

그런 선수를 잡아냈다.

그것도 앉아쏴로.

순식간에 분위기는 와이번스에게 넘어왔다.

흔들렸던 윤정길도 주자가 사라지자 본래의 모습으로 돌아왔다.

후웅—!

"스트라이크! 아웃!"

2번, 3번 타자를 연달아 삼진을 잡아냈다.

[1번 이규영 선수를 루상에 내보냈지만 윤정길 선수, 이후 타자를 완벽하게 돌려세우며 1회를 깔끔하게 막아냅니다!]

[윤정길 선수의 투구도 대단했지만 더 인상적이었던 건 정찬열 선수의 앉아쏴였습니다. 투수가 흔들릴 수도 있는 상황에서 주자를 잡아줬어요.]

[정말 정확한 송구였습니다.]

[예, 그리고 무엇보다 더 대단한 건 싱커가 떨어지는 구종이라는 거예요. 스트라이크존 밖으로 떨어진 공을 잡아서 올린 송구를 하

기 때문에 더 많은 시간이 걸립니다. 그런데 정찬열 선수는 그 동작을 했음에도 타자를 잡아냈습니다.]

[어깨가 정말 대단하군요?]

[맞습니다.]

[과연 공격에서는 어떤 모습을 보여줄지 기대됩니다. 저희는 잠시 후 돌아오겠습니다.]

* * *

경기는 투수전 양상으로 이어졌다.

한승현은 오늘 단단히 각오를 했는지 대단한 피칭을 보여주었다.

찬열을 포함해 9타자 연속 범타로 3이닝 퍼펙트를 기록했다.

4회 초.

윤정길이 다시 마운드에 올랐다.

1회 이후 2개의 안타를 더 허용했지만 점수를 내주지는 않았다.

무엇보다 연속 안타가 없다는 게 다행이었다.

하지만.

딱-!

[중견수 앞에 떨어지는 안타!]

딱—!

[타구가 일이루간을 빠져나갑니다! 오늘 경기 처음으로 연속 안타가 터졌습니다! 무사에 주자는 1, 2루! 위기에 빠지는 윤정길!]

[두 타자 모두 싱커를 공략했어요. 낮게 떨어지는 싱커를 때려 안타를 만들어냅니다.]

[이쯤 되면 정찬열 선수가 마운드에 올라가야 되지 않을까요?]

캐스터의 말이 어느 정도 맞았다.

대부분 이런 장면에서는 포수가 마운드를 방문한다.

하지만 찬열은 아니었다.

그는 캐처 박스에 서서 마스크를 벗고 이마에 묻은 땀을 닦아내고 있었다.

주자가 있는데도 여유로운 모습이었다.

결국 찬열은 마운드에 오르지 않은 채 다시 캐처 박스에 앉았다.

[다소 의외의 모습이네요.]

[흠, 무슨 생각으로 저러는지 이해를 못하겠어요.]

자리에 앉은 찬열이 정신을 집중했다.

주자들의 움직임, 타자의 스탠스와 방망이를 잡는 모습까지 눈에 들어왔다.

무엇보다 이번에는 마운드 위의 윤정길의 모습도 같이 잡했다.

'아직까지 여력이 있다. 1회 흔들리던 걸 잡아서 그런지 쉽게 흔들리지 않고 있어.'

한 번 위기를 겪은 사람은 강해진다.

그건 투수도 마찬가지다.

1회 이규영을 주루사 시키면서 윤정길은 급속도로 안정감을 찾았다.

이런 위기에서도 여전히 흔들리는 모습이 보이지 않았다.

이런 미세한 차이는 외부에서 볼 수 없다.

오로지 같은 팀 동료만 알 수 있는 것이었다.

이동건은 그걸 눈치챈 찬열이 대견했다.

'정길이의 상태를 파악하고 마운드에 올라가지 않았다. 적절한 선택이었어.'

투수 코치가 마운드를 2회 방문하면 투수를 교체해야 하는 규정이 있다.

이는 포수도 마찬가지다.

3회 마운드에 방문을 하면 투수 교체가 이루어져야 한다.

그렇기 때문에 포수가 마운드를 방문하는 것도 적절한 타이밍에 이루어져야 한다.

투수가 흔들리지 않는데 포수가 마운드를 방문하면 괜히 횟수만 줄어들 뿐이었다.

'경기 전체를 보고 있다. 역시 찬열이 녀석은 포수로서의 능력도 뛰어나. 단지 타격에 가려져 있을 뿐이다.'

그걸 알기에 이동건은 한국 시리즈라는 큰 경기에 박현우가 아닌 찬열을 선택할 수 있었다.

찬열은 타석에 들어오는 타자를 보며 눈을 감았다.

'구심의 볼 판정은 미트에 공이 들어온 뒤에 이루어진다.'

사인을 보냈다.

'바깥쪽 슬라이더.'

고개를 끄덕인 윤정길이 투수판을 밟았다.

눈으로 1, 2루 주자를 견제했다.

뛸 마음이 없는지 리드 폭이 길지 않았다.

퀵모션으로 공을 뿌렸다.

우타자에게서 밖으로 도망치는 공이었다.

찬열이 원하는 코스였다.

촤아악-!

공을 미트의 끝으로 받았다.

무릎을 세우고 상체를 들어 구심의 시야를 가렸다.

왼 손목을 안쪽으로 당겼다. 직후 무릎을 숙였다. 거의 동시에 이루어진 동작들이었다.

또한 매우 부드럽게 이어진 연결 동작이었다.

구심의 눈에는 잠깐 공이 사라지는 듯한 착각이 들 정도였다.

"스트라이크!"

미트의 위치를 확인한 구심이 콜을 외쳤다.

타자가 구심을 노려봤다.

하지만 할 수 있는 건 없었다.

스트라이크 판정은 구심의 고유 권한이었다.

거기에 항의를 하게 되면 심한 경우 퇴장도 각오해야 했다.

그런 위험을 감수할 수 없었다.

'좋았어.'

스트라이크 하나.

하지만 이 공 하나는 오늘 경기에서 매우 중요했다.

찬열은 다시 사인을 냈다.

'방금 위치, 커브.'

고개를 끄덕인 윤정길이 공을 뿌렸다.

이전 이닝, 아니, 이전 타자까지만 하더라도 바깥쪽의 존은 넓은 편이 아니었다.

방금 전 슬라이더를 잡은 위치는 분명 볼 코스다.

하지만 그의 프레이밍에 구심은 속았다.

한 번 잡은 이상 이제 저 코스는 계속 잡아야 한다.

만약 잡아주지 않는다 해도 괜찮다.

찬열이 속인 건 구심만이 아니었다.

후웅―!

타자마저 속였다.

딱-!

[바깥쪽 코스를 때립니다! 빗맞은 타구! 2루수 앞으로 굴러갑니다! 2루수 공을 잡아 유격수에게, 그리고 1루로! 깔끔한 더블플레이! 최악의 결과가 나옵니다!]

찬열이 주먹을 불끈 쥐었다.

이 희열.

자신이 만들어 놓은 각본대로 풀려나갈 때 느껴지는 이 쾌감을 잊을 수 없다.

홈런을 칠 때보다 더욱 강한 쾌감이 그의 몸을 휘감았다.

* * *

1차전의 승자는 와이번스였다.

8회 말 터진 정찬열의 2점 홈런이 결승점이 되었다.

손쉬운 승리는 아니었다.

와이번스의 마운드는 불안했다.

선발투수인 윤정길, 뒤를 이은 계투들까지.

모두 타이거즈의 날카로운 스윙에 공략을 당했다.

그때마다 찬열의 기지가 발휘됐다.

프레이밍을 최대한 자제하면서 결정적인 순간에만 사용

했다.

또한 2루로 달리는 주자를 두 번이나 잡아냈다.

강한 어깨를 선보인 덕분에 이후에는 누구도 도루를 시도하지 못했다.

주자가 달리지 않는다는 건 투수에게 큰 안정감을 주었다.

오로지 타자에게만 신경을 쓸 수 있게 된 것이다.

그 결과 흔들리던 투수들이 다시 안정을 찾고 공을 던질 수 있었다.

하지만 이런 세세한 부분은 중계로 알 수 없다.

그렇기 때문에 인터넷 커뮤니티에서는 찬열을 지명타자로 변경해야 된다는 이야기가 여전히 나왔다.

오늘 4번 타석에 들어서 홈런 1개만 기록한 찬열의 성적 때문이었다.

지명타자로 들어서면 더 많은 안타와 홈런을 만들어낸다.

그게 네티즌의 주장이었다.

* * *

한국 시리즈 2차전 역시 1차전과 비슷한 양상으로 이어졌다.

한 가지 다른 점은 와이번스 역시 마운드가 견고해졌다는 것이다.

특히 찬열과의 호흡이 매우 좋아졌다.

올 시즌 후반기에 거의 호흡을 맞추지 못했던 찬열과 투수들이다.

당연히 어색할 수밖에 없었다.

하지만 어제 경기를 보면서 투수들은 그에 대한 믿음이 다시 생겼다.

특히 6회 나온 플레이는 백미였다.

[토마스 선수, 노아웃 1, 3루의 위기를 맞이합니다.]

[힘이 떨어진 데다가 제구도 흔들리고 있어요. 투수 교체를 하는 게 좋을 텐데요. 하지만 어제 와이번스는 투수의 소진이 좀 있었습니다. 어떻게든 이번 이닝을 막아주길 바라는 듯 투수 교체를 하지 않네요.]

[원볼 원스트라이크 상황. 토마스 선수 3구 던집니다.]

찬열이 미트를 내밀었다.

쐐액-!

토마스의 주특기인 슬라이더가 다소 낮게 들어왔다.

타자는 기다렸다.

그 순간 찬열이 상체를 일으키며 미트의 웹을 아래로 향했다.

촤아악-!

공이 웹에 들어가는 순간 손목을 비틀어 올렸다.

"스트라이크!"

애매한 위치에 심판의 손이 올라갔다.

타자가 황당하다는 표정을 지었다.

'하이 패스트볼.'

토마스가 고개를 끄덕였다.

투수판을 밟은 그를 보던 찬열이 곁눈질로 3루 주자를 확인했다.

묘하게 리드 폭이 길었다.

'발이 느리기 때문에 다른 이들보다 리드 폭이 길다. 어차피 견제는 없다고 판단을 한 건가?'

오늘 토마스가 3루에 견제를 한 적은 없다.

또한 지금도 할 수 없다.

1루 주자가 발이 빠른 1번 이규영이기 때문이다.

'3루에 견제를 하는 동작을 보였다가는 바로 2루에 뛸 수 있다. 그래서 3루 주자의 리드를 길게 하는 걸 수도 있어.'

찬열도 견제 사인을 내지 않았다.

'하지만……'

타자가 좌타자였기 때문에 그의 눈에는 3루 베이스가 바로 보였다.

찬열은 손을 들어 가볍게 어깨를 만졌다.

3루수의 움직임이 변했다.

그 순간 토마스가 발을 들어 홈을 향해 공을 뿌렸다.

동시에 3루수가 베이스로 들어갔다.

후웅—!

타자의 배트가 허공을 갈랐다.

하이 패스트볼은 눈높이로 들어오는 공이다.

배트를 유인하기에는 매우 좋았다.

뻑—!

공이 미트에 박히는 순간 찬열이 공을 빼내 순식간에 3루로 공을 뿌렸다.

쐐애애액—!

몸을 돌려 천천히 3루로 귀루하던 주자의 귀에 날카로운 바람소리가 들렸다.

뻑—!

동시에 베이스 위에 있는 3루수의 글러브에 박힌 하얀 공이 보였다.

글러브는 가볍게 주자의 몸을 터치했다.

툭—!

"아웃!"

3루심의 무정한 제스처가 나왔다.

[순식간에 투아웃! 정찬열 선수! 귀루하던 3루 주자를 잡아냅니다! 주자가 너무 방심을 한 건가요?]

[아뇨, 아닙니다. 아, 물론 주자가 방심을 했어요. 하지만 그렇다고 해도 저런 주자를 잡아내는 속도라니…… 눈으로 보고도 믿기지 않습니다.]

[득점권에 주자가 사라집니다!]

3루에 주자가 있고 없고의 차이는 매우 크다.

이 아웃 카운트로 토마스는 다시 한 번 안정을 찾으며 7이닝 무실점 쾌투를 선보일 수 있었다.

3차전.

타이거즈가 승부수를 던졌다.

[1차전의 한승현 선수가 다시 마운드에 오릅니다!]

[반드시 경기를 잡겠다! 그런 뜻으로 보입니다.]

2경기를 연속으로 내준 상황이다.

분위기 반전이 필요했다. 그래서 에이스인 한승현을 등판시켰다.

뻑—!

"스트라이크! 아웃!"

[또다시 삼진입니다! 삼자삼진으로 1회를 퍼펙트로 막아내는 한승현! 대단합니다!]

한승현이란 이름에 걸맞은 피칭이었다. 하지만 찬열의 눈에는 그리 대단하게 보이지 않았다.

'공은 빠르지만 묵직함이 사라졌다. 또한 제구가 제대로 되고 있지 않아.'

포수의 움직임을 보면 투수의 제구력의 상황을 볼 수 있다.

포구하는 순간 크게 움직인다면 예상하지 못한 곳에 간다는 뜻이다.

타이거즈의 포수가 딱 그 모양새였다.

'경험이 많지 않더라도 저렇게까지 당황하는 건 한승현의 제구력이 정상이 아니란 소리야.'

찰칵-!

보호 장구를 모두 착용한 찬열이 그라운드로 나갔다.

마스크를 쓴 그의 눈이 더그아웃으로 들어가는 한승현의 등을 쫓았다.

'아직 회복이 덜 됐다.'

찬열은 생각을 정리했다.

더 이상 깊게 생각하는 건 투수 리드에 독이 된다.

이제는 볼 배합에 대해서만 신경 써야 한다.

'태현이는 복잡하게 갈 필요가 없어.'

타자가 들어섰다.

방망이를 돌리는 게 매섭다.

하지만 두렵지 않았다.

"플레이볼!"

심판의 콜과 동시에 손가락을 움직였다.

'몸 쪽, 패스트볼.'

태현이 고개를 끄덕였다.

포심 패스트볼.

연습 투구에서는 손목이 저릿할 정도로 구위가 좋았다.

문제는 실전이다.

와인드업을 하는 태현의 시선이 미트에 닿았다.

동시에 발을 내딛고 허리를 회전하며 있는 힘껏 공을 뿌렸다.

쐐애애액-!

낮은 코스로 공이 날아온다.

순간 시야를 가리는 물체가 눈에 들어왔다.

후웅-!

배트가 바람을 갈랐다.

치지지직-!

매캐한 냄새가 코를 찔렀다.

뻑-!

"스트라이크!!!!"

구심의 괴성에 가까운 콜이 귀를 찔렀다.

미트에 박힌 공을 꺼내 확인했다.

한쪽이 검게 그을린 게 보였다.

파울팁이다.

마지막 순간에 공이 덜 떨어졌기 때문에 공을 제대로 맞추지 못했다.

라이징 패스트볼을 던지는 투수가 동시대에 두 명이나 나온 것이다.

찬열이 미소를 머금었다.

'괴물 같은 자식들.'

"공 좀 바꿔주세요."

"음."

구심이 건네는 공을 받은 찬열이 태현을 바라봤다.

그의 어깨 너머로 보이는 전광판에 155㎞라는 숫자가 찍힌 게 보였다.

"인마! 좀 살살 던져! 손목 아프다!"

후웅—!

"오케이!"

대답을 하는 태현의 어깨가 가벼워 보였다.

* * *

[타이거즈에 한승현이 있다면 와이번스에는 김태현이 있다! 두 선수 모두 150㎞를 상회하는 빠른 공으로 1회에만 삼진 3개를 잡아냅니다!]

[김태현 선수는 긁히는 날에는 정말 대단한 피칭을 보여주었습니다. 그리고 오늘이 그런 날인 거 같네요.]

더그아웃으로 돌아가는 태현이 잡혔다.

신나서 하이파이브를 하는 모습이 믿음직스러웠다.

찬열은 곧장 벤치에 앉아 장비를 벗었다.

"도와줄게."

어느새 다가온 박현우가 장비를 벗는 걸 거들었다.

"감사합니다."

"오늘 포수의 움직임 봤지?"

"예."

"그럴 줄 알았다."

박현우가 미소를 지었다.

그 역시 경험이 많은 포수다.

상대 포수의 움직임을 보고 투수의 컨디션을 체크하는 건 쉬운 일이었다.

그럼에도 말했던 건 만에 하나였다.

장비를 모두 벗은 찬열에게 미리 챙겨둔 모자를 건넸다.

"한 방 날리고 와라."

"옙!"

강하고 짧게 대답한 찬열이 배트를 잡고 더그아웃을 나섰다.

"정찬열! 정찬열! 정찬열!"

원정 응원석에서 그의 이름을 외쳤다.

순식간에 열기가 달아올랐다.

찬열은 응원을 등에 업고 타석에 들어섰다.

눈을 감았다가 뜨자 한승현만이 그의 시야에 남았다.

[천적 정찬열 선수를 상대로 한승현 선수, 어떤 공을 던질까요?]

[가장 자신 있는 공부터 갈 겁니다. 최근 상대 전적이 나쁘다고는 하지만 이럴 때야말로 주 무기로 상대를 누르는 모습을 보여주어야 합니다.]

찬열의 예상도 비슷했다. 승부욕 없는 겉모습과 달리 한승현은 지는 걸 싫어했다.

정규시즌 마지막 경기만 놓고 봐도 그랬다.

홈런을 맞았으면 피할 만도 하건만 한승현은 다시 정면승부를 했다.

그리고 이번에도 같을 거라 생각했다.

"흡!"

쐐액-!

[한승현! 초구 던집니다!]

낮게 깔려오는 공이다.

포심이면 존을 통과한다.

하지만 공의 회전이 달랐다.

즉, 변화구란 소리다.

그런데 변화가 없다.

실투다.

촤악-!

왼발을 뻗어 지면에 고정시켰다.

흙이 나부끼며 동시에 허리가 회전했다.

부앙-!

공기가 찢어지며 배트가 돌았다.

아래에서부터 위로 올려치는 스윙에 공과 배트가 정확히 만났다.

따악-!

"와아아아아!"

배트에 맞은 공이 높게 그리고 멀리 날아갔다.

동시에 집중력이 깨지며 관중석에서 터져 나오는 함성 소리가 들렸다.

찬열은 배트를 놓고 1루를 향해 천천히 뛰었다.

곧 1루심의 손이 허공에 원을 그리는 게 눈에 들어왔다.

"나이스 배팅!"

1루 주루 코치가 내미는 손바닥에 자신의 손을 마주쳤다.

짜악-!

[한승현 선수의 초구를 그대로 쳐서 홈런을 만들어내는 정찬열!]

"정찬열! 정찬열! 정찬열!"

[그라운드에 그의 이름이 울려 퍼집니다!]

* * *

찬열의 홈런 이후 한승현은 급격히 흔들렸다.

결정적인 한 방을 날린 건 박현우였다.

다음 타석에서 3구를 받아쳐 그대로 좌측 담장을 넘겨 버렸다.

백투백을 맞은 한승현은 연달아 볼넷을 내주었다.

끝내 밀어내기를 내주자 한승현이란 카드를 바꿀 수밖에 없었다.

[타이거즈! 결국 마운드를 교체합니다!]

[아직 어린 한승현 선수에게 한국 시리즈란 큰 무대, 거기다가 4일 만의 등판은 가혹했습니다.]

반면 김태현은 날아다녔다. 7이닝 1실점 10탈삼진 3사사구를 내주면서 완벽에 가까운 피칭을 선보였다.

마운드와 방망이의 조화가 이루어진 와이번스는 질 수가 없었다.

* * *

한국 시리즈는 7전 4선승제를 채택한다.

즉, 와이번스가 앞으로 1승을 추가하면 우승이 결정된다는 의미다.

타이거즈는 배수진을 칠 수밖에 없었다.

오늘 경기가 끝나면 휴식이 찾아오기 때문에 분위기 반전을 노려볼 수 있었다.

하지만 하늘까지 오른 와이번스의 기세는 무서웠다.

매 이닝 투수들을 난타해서 출루에 성공했다.

그러나 결정을 짓지 못했다.

1회에 찬열의 적시타로 터진 1점을 제외하고는 점수가 나지 않았다.

딱―!

[이성준 선수가 친 타구 2루수에게 굴러갑니다! 2루수 공을 잡아 2루를 직접 밟고 1루에 던집니다!]

"아웃!"

[더블플레이! 순식간에 아웃 카운트 두 개가 올라갑니다.]

[와이번스는 매 이닝 기회를 잡고 있지만 점수로 연결되지 않고 있습니다. 이렇게 흐름이 끊기면 한순간에 반격을 당할 수 있습니다.]

해설위원의 말대로였다.

그래서 이동건은 앞서고 있는 상황인데도 불안해하고 있었다.

그때 기회가 왔다.

딱—!

[쳤습니다! 좌익수 앞에 떨어지는 안타!]

기회가 이어졌다.

끊어질 것 같았던 줄을 다시 잡은 와이번스 선수들은 집중력을 발휘했다.

퍽—!

"볼!"

[또다시 볼입니다! 이로써 2타자 연속 볼넷! 결국 타이거즈의 벤치에서 움직입니다!]

타이거즈의 투수들은 지쳐 있다.

그래서 선발을 최대한 끌고 가야 했다.

하지만 그게 말처럼 쉬운 일도 아니다.

또한 이렇게 볼넷을 연발하면서 점수를 주게 된다면 타자들에게도 악영향을 끼친다.

그랬기에 빠른 타이밍에 투수를 교체했다.

하지만.

딱—!

[바뀐 투수의 초구를 강타! 원바운드로 펜스에 부딪힙니다! 그사이 주자가 모두 싹쓸이! 김상필 선수, 주자를 모두 불러들이는 2루타를 기록합니다!]

[아~ 역시 베테랑이에요. 좋은 기회를 놓치지 않고 초구를 쳤어

요. 뒤에 정찬열 선수가 있기 때문에 피하지 않을 걸 파악한 거죠.]

타석에 찬열이 들어섰다.

그러자 포수가 바로 자리에서 일어났다.

"우우우우!"

[타이거즈, 고의사구를 택합니다.]

[1루가 비어 있는 상황에서 정찬열 선수와 굳이 상대할 이유는 없습니다.]

퍽–!

"볼!"

결국 찬열은 고의사구를 얻어 1루로 걸어 나갔다.

2사에 1, 2루 찬스.

그리고 타석에는 박현우가 섰다.

1, 2구가 연속해서 볼이 들어오자 박현우는 3구에 무섭게 배트를 돌렸다.

딱–!

[3구를 통타! 그대로 담장을 넘어갑니다!! 2경기 연속 홈런을 날려 보내는 박현우 선수! 노장의 투혼을 보여줍니다!!]

[정찬열을 피했지만 뒤에는 박현우가 있었어요. 아~ 와이번스의 타선 정말 무섭습니다!!]

* * *

"후우-!"

마운드 위의 김상훈이 한숨을 내쉬었다.

1점 차 상황에서도 수도 없이 던지던 공이다.

그런데 오늘따라 더욱 떨렸다.

당연했다.

오늘 경기를 이기면 한국 시리즈 우승이 된다.

어떤 투수라도 떨릴 수밖에 없었다.

그때 찬열이 자리에서 일어났다.

마스크를 벗은 그가 구심에게 타임을 요청하는 게 보였다.

'보호 장구가 잘못됐나?'

장비를 체크하는 모습에 의아함을 느꼈다.

그때 눈이 마주쳤다.

웃고 있었다.

의미심장한 미소도 지었다.

그걸 보자 말을 하지 않았지만 의도를 눈치챌 수 있었다.

'망할 놈, 도대체 이런 상황에서도 안 떨리면 언제 떨린다는 거냐?'

찬열은 상훈을 위해 타임을 걸었다.

멀쩡한 장비를 재정비하면서 김상훈이 안정을 찾을 시간

을 벌어주었다.

한참 어린 후배가 자신을 걱정했다.

'쪽팔린 줄 알아라, 상훈아.'

그는 마음을 다잡고 손을 들어 사인을 주었다.

그러자 찬열이 다시 마스크를 쓰고 캐처 박스에 앉았다.

'끝낸다.'

상훈의 눈에 다시 승부욕이 활활 타올랐다.

* * *

[오늘 광주 무등구장에서 열린 한국 시리즈 4차전에서 인천 와이번스가 승리해 한국 시리즈 우승을 차지했습니다. 이로써 이동건 감독 부임 이후 2년 연속 한국 시리즈 우승을 차지하며 인천 와이번스는 명실상부 KBO 최고의 팀이 되었습니다. 한편, KBO는 한국 시리즈 MVP로 정찬열 선수를 선정했습니다.]

* * *

시즌이 끝났다.

하지만 선수는 바빠진다.

각종 시상식과 마무리 훈련이 이어지기 때문이다.

찬열은 마무리 훈련에서 제외됐다.

시즌 막바지까지 경기에 나섰으니 당연했다.

그렇다고 시간이 여유 있는 건 아니었다.

그동안 미뤄 두었던 광고주, 스폰서와의 만남이 줄을 이었다.

특히 오늘은 신경 써서 정장까지 입고 나왔다.

김영재의 부탁이었다.

평소 옷차림에 대해 별다른 말이 없던 그였기에 찬열은 신경을 쓸 수밖에 없었다.

마중 나온 김영재의 차를 타고 도착한 곳은 강남의 빌딩이었다.

엘리베이터에 오르자 가슴이 답답해졌다.

"후우-!"

제멋대로 한숨이 나왔다.

그 모습을 본 김영재가 의외라는 표정을 지었다.

"정 선수도 긴장이란 걸 하십니까?"

"당연하죠. 저도 사람입니다."

"하하! 큰 경기에서도 긴장을 안 하던 분이 긴장을 하니 신기하네요."

찬열이 작은 미소를 지었다.

딱히 대답할 말이 떠오르지 않았다.

'내가 이 브랜드의 스폰서를 받게 될 줄 누가 알았겠어?'

딩동-!

곧 엘리베이터가 멈췄다.

문이 열리고 데스크에서 일어나는 두 여인이 보였다.

그녀들의 뒤로 'P'라는 글자가 보였다.

세계에서 저 마크를 모르는 사람은 아마 없을 것이다.

"퍼펙트 코리아에 오신 걸 환영합니다."

여인들이 허리를 숙여 두 사람을 맞이했다.

"박 대표님과 약속이 잡혀 있습니다."

"네, 미리 연락을 받았습니다. 김영재 대표님과 정찬열 선수님, 맞으시죠?"

"예."

"안내해 드리겠습니다."

한 명의 여인이 두 사람의 안내를 맡았다.

깔끔하고 세련된 사무실을 지나 두 사람이 도착한 곳은 CEO라는 명패가 붙은 방이었다.

똑똑-!

"들어오세요."

문이 열렸다.

고급 정장을 입은 남자가 두 사람을 맞이했다.

"어서 오세요. 이렇게 와주셔서 감사합니다. 퍼펙트 코리아 지사장을 맡고 있는 박용수입니다."

"YJ 매니지먼트의 김영재입니다."

"정찬열입니다."

간단한 인사가 끝나고 세 사람이 소파에 앉았다.

곧 비서가 음료수를 가지고 들어와 세 사람의 앞에 놓았다.

"이렇게 와주셔서 감사합니다. 따로 자리를 마련할까도 싶었지만 아무래도 업무상 이야기를 나누기에는 사무실이 가장 좋을 거 같았습니다."

"아닙니다. 이럴 때가 아니고서는 언제 퍼펙트 코리아 본사를 구경하겠습니까?"

박용수와 김영재가 업무상 대화를 시작했다.

이런 자리가 아직 낯선 찬열은 대화에 참여하기보다는 주변을 보는 데 시간을 썼다.

'퍼펙트 코리아 한정판이 많네.'

퍼펙트 코리아는 세계적인 스포츠브랜드다.

야구는 물론이거니와 축구, 테니스, 골프, 미식축구, 아이스하키 등등.

스타 선수들과 계약을 맺고 후원했다.

또한 특급 선수들과는 특별 계약을 통해 한정판 제품을 출시, 마니아들의 열화와 같은 성원을 얻기도 했다.

국내 선수들 중 몇몇도 계약을 맺었다.

하지만 대부분이 외국에서 활동하는 선수들이었다.

국내 리그에서 뛰는 선수가 계약을 맺은 경우는 아직 없었다.

즉, 찬열이 최초라는 소리였다.

그때 박용수가 그를 불렀다.

"정찬열 선수, 한국 시리즈 우승 축하드립니다."

"아, 감사합니다."

"그리고 10경기 연속 홈런과 아시아 최초 60홈런 또 세계 최초 5연타석 홈런도 축하드립니다. 와~ 이거 직접 말을 해 보니까 정말 대단한 업적이네요."

찬열이 부끄러운 듯 머리를 긁적였다.

"자~ 그럼 본격적으로 일 이야기를 해볼까요?"

박용수가 사람 좋은 미소를 지었다.

그는 수납장에서 종이를 꺼내 테이블 위에 올렸다.

"천천히 읽어보세요."

"그럼⋯⋯."

김영재가 계약서를 받아 내용을 확인했다.

동시에 박용수의 설명이 이어졌다.

"기본적인 계약 기간은 1년입니다. 별다른 문제가 없다면 후원금을 인상하면서 계약 기간을 연장할 수 있습니다."

"광고 촬영은 의무적으로 들어가는군요?"

"예, 회사 방침입니다. 광고료도 따로 책정하고 있습니다. 그에 따른 의무사항도 있으니 차근차근 읽어주시길 바랍니다."

계약서는 꽤 자세히 되어 있었다.

의무사항이 타이트하게 잡혀 있었지만 대부분 세간의 입방아에 오르면 생기는 문제들이었다.

그 외에는 별다른 이상이 없었다.

무엇보다 후원금이나 광고료의 금액이 다른 업체보다 높았다.

"후원금의 기본급은 5천만 원에서부터 시작합니다. 내년 성적에 따라 최대 2억까지 지급이 가능합니다. 이 중에서 1억까지는 퍼펙트 코리아의 상품으로 대처할 수 있습니다."

바로 이해가 되지 않았다.

야구용품이 비싸다고는 하지만 1억이나 되는 상품을 사용할 순 없었다.

그때 김영재가 말을 이었다.

"세금적인 부분 때문에 국내 선수들 중 몇몇은 저런 식으로 받기도 합니다."

"그렇군요."

그사이 김영재는 계약서를 꼼꼼히 살폈다.

"잘 읽었습니다. 자세한 답변은 상의를 하고 연락을 드리도록 하겠습니다."

"알겠습니다. 자, 일 이야기도 끝났으니 식사를 하실까요? 이 앞에 고기를 끝내주게 잘하는 곳이 있습니다."

박용수는 유쾌한 사람이었다.

대기업의 지사장이라고는 믿기지 않을 정도로 말이다.

막 자리에서 일어나려는 찰나.

"아차차! 정찬열 선수."

"예?"

"우리 아들놈이 팬입니다. 실례가 아니라면 사인 하나 부탁할 수 있을까요?"

"예, 물론입니다."

자신의 자리로 간 박용수가 쇼핑백에서 크림색 글러브를 가져왔다.

찬열은 글러브의 웹 부분에 사인을 했다.

"이야~ 이걸 잊어버렸으면 아들놈한테 한 소리 들었을 겁니다. 하하! 잘 보관하겠습니다!"

세 사람은 곧 사무실을 나와 고깃집으로 이동했다.

끝내 주다는 표현이 정확한 고기를 맛보고 박용수와 두 사람은 헤어졌다.

집으로 향하는 길에 찬열이 물었다.

"계약서는 어떤 거 같습니까?"

"별다른 문제는 없습니다. 의무사항이 조금 타이트하게 잡혀 있긴 합니다만 그건 외국 계열 회사는 대부분 그렇습니다. 특히 스포츠용품 회사들은 조금 심한 편입니다."

"그래요?"

"예, 미국 애들이 워낙 자유분방해서 세간의 입방아에 오르는 경우가 많습니다. 그러다 보니 그런 쪽으로 의무사항이 강해졌다고 하더군요."

"대충 무엇이 있죠?"

"마약, 범죄, 금지약물 복용······."

"아, 그 정도면 됐습니다."

"국내에서는 딱히 제약이 될 문제는 없습니다. 하지만 음주운전은 조심하셔야 됩니다."

"아직 차도 없는데요 뭐."

"그렇지 않아도 말씀드리려 했는데 리스를 받는 게 어떻습니까?"

"자동차요?"

커피를 한 모금 마신 김영재가 말을 이었다.

"예, 운전을 싫어하시는 게 아니라면 차는 한 대 정도 있어야 됩니다. 게다가 정찬열 선수의 연봉이면 절세의 효과도 톡톡히 얻을 수 있습니다."

찬열은 고심을 했다.

차에 대한 유혹이 없는 건 아니다.

몇몇 남자에게 자동차는 교통수단 이상의 의미를 가진다.

그건 찬열 역시 마찬가지였다.

특히 가난했던 이전 삶에서는 슈퍼카에 대한 로망이 있었다.

간혹 마이너리그에 오는 빅 리그 선수들이 타고 오는 슈퍼카를 보고 언젠가는 저런 걸 타겠다라는 꿈을 키웠다.

결국 이루지는 못했지만 말이다.

하지만 선뜻 선택을 내릴 순 없었다.

당장 돈을 많이 번다고 하더라도 미래는 불투명했다.

또 한 가지.

바로 이전 삶에서 죽는 순간에도 차와 관련이 있었기 때문이다.

'그 상황이 딱히 기억은 안 나지만 핸들을 잡으면 어떻게 될지 모르지.'

그렇기에 시즌 중에는 운전할 생각을 아예 하지 않았다.

찬열이 고민을 하자 김영재가 바로 말을 돌렸다.

"그 점은 천천히 생각해 보시면 됩니다. 그리고 계약서 부분에는 별다른 이상은 없었습니다. 한 가지 특이한 점이 있긴 하지만요."

"특이점이요?"

김영재가 계약서를 꺼내 펼쳤다.

"여기 보시면 해외 광고 조항이 따로 있습니다."

손가락으로 한 곳을 가리켰다.

정말 해외 광고에 대한 조항이었다.

"광고를 찍으면 당해 해외에서 방송을 할 수 있다. 또한 퍼펙트사의 요청이 있으면 해외 광고를 찍을 수도 있다. 즉, 퍼펙트 코리아, 아니, 퍼펙트는 정찬열 선수의 해외 진출까지 염두에 두고 있는 듯합니다."

아니면 단순히 계약서에 있는 내용일 수도 있다.

별로 신경 쓸 부분은 아니다.

"그럼 이걸 제외하고는 걸리시는 부분이 없는 건가요?"

"예, 조건도 좋습니다. 하지만 구단의 스폰서 용품과 걸리는 부분이 있을 수 있으니 일단 그 부분에 대한 조율이 있어야 합니다."

구단 역시 스포츠용품 회사에서 스폰서를 받는다.

그렇기에 특정 스포츠용품 회사의 물건을 선수들이 써주길 바란다.

계약서에 이에 관한 조항이 있지만 강제사항은 아니었다.

그렇다 하더라도 미리 협의를 하는 게 인지상정이었다.

"알겠습니다. 그럼 그 부분은 잘 부탁드리겠습니다."

"예."

계약에 김영재가 직접적으로 나설 수 없다.

하지만 조율이라면 대리인인 그가 나서도 별문제가 되지 않는다.

두 사람은 조금 더 이야기를 나누다 자리에서 일어났다.

＊ ＊ ＊

KBO 회의실에 각 구단의 사장이 모였다.

이사회 회의라 불리는 자리다.

이 자리에서는 KBO의 중요 안건에 대해 회의를 하고 결정을 내린다.

오늘도 몇 건의 안건을 처리했다.

하지만 가장 중요한 안건은 이제 막 나오려는 시점이었다.

KBO 총재인 허일운이 이야기를 꺼냈다.

"미리 공지를 했듯이 MLB 사무국에서 공문이 왔습니다. 포스팅 시스템을 손보자고 하더군요. 그들이 제안한 수정안입니다."

사장들이 일제히 서류를 펼쳤다.

"기본적인 틀은 일본과 같습니다."

"자기들의 입맛에 맞게 바꾸겠다 이거군."

"거참, 갑자기 메이저리그에서 우리에게 신경을 쓰는 겁니까?"

"그야 KBO의 선수들 수준이 높아져서 그런 거 아니겠습니까?"

메이저리그는 본래 KBO에 큰 관심을 두지 않았다.

그래서 일본에만 스카우트를 파견해 현지에서 머물며 선수들을 체크했다.

하지만 최근에는 사정이 달라졌다.

일본의 거물급 선수들이 메이저리그에 진출해 대부분 실패했다.

반대로 미지의 시장인 한국의 선수들은 국제 대회에서 좋은 모습을 보여주었다.

당연히 한국에 관심을 둘 수밖에 없었다.

그 시기에 정찬열이란 대단한 선수가 튀어나왔다.

각 구단은 스카우트와 고위급 관계자를 파견, 정찬열의 일거수일투족을 관찰했다.

당연히 다른 선수들도 눈에 들어올 수밖에 없었다.

군침 흘릴 만한 선수가 많아지자 메이저리그 구단은 사무국을 압박, 포스팅 시스템의 변경을 요청했다.

기존에야 포스팅을 통해 영입할 선수가 없었지만 이제는 아니란 판단에서였다.

하지만 그들이 오판을 한 부분도 있었다.

"굳이 우리 선수를 외국에 팔아야 되는 겁니까?"

"우리보다 수준이 높은 일본 야구에서 포스팅으로 성공한 건 선발투수들 아닙니까? 우리나라 선수는 고작해야 백만 달러도 받지 못했고요."

"그런 헐값을 받을 바에야 안 하는 게 낫습니다. 괜히 미국 애들 요구를 받아들였다가 선수와 트러블이 생기면 골치 아파집니다."

"맞습니다."

대부분이 부정적 의견이었다.

그도 그럴 것이 한국의 야구단은 돈을 벌기 위해 하는 게 아니었다.

철저한 대기업의 홍보를 위해 만들어진 것이 바로 한국의 야구단이었다.

무엇보다 과거 한국의 톱스타들이 포스팅에 도전했다가 헐값을 제안 받았던 기억이 강렬했다.

구단 사장들의 입장에서는 거절할 명분이 많았다.

난감한 건 허 총재뿐이었다.

'거참…… 거절 답신을 어떻게 보내야 될지 골치 아프군.'

결국 이날 회의에서 포스팅 시스템 수정안은 거절하기로 결정했다.

* * *

이동건의 사무실.

그는 박현우와 마주 보고 있었다.

이동건의 표정은 심각했다.

반면에 박현우는 홀가분한 표정을 짓고 있었다.

"정말 그렇게 결정을 내리기로 한 거냐?"

"가족들과 잘 이야기를 했어요. 그리고 결정을 내렸습니다. 아마 변하지 않을 겁니다."

"후우—! 네 몸 상태가 나쁜 건 알고 있지만 1년 정도는 더 뛰어도 되지 않겠냐? 이대로 은퇴를 하는 건……."

아까웠다.

박현우의 올 시즌 성적은 타율 2할 5푼 7리에 홈런 17개를 때렸다. 타점도 72개를 기록할 정도로 좋은 모습을 보여주었다.

무엇보다 신인 투수들을 이끄는 능력은 타의 추종을 불허했다.

그런 선수가 스스로 떠나려 하는 것이다.

감독의 입장에선 아쉬울 수밖에 없었다.

"그동안 많은 선배를 봤습니다. 누구는 경기에 나가지 못해도 그라운드에 붙잡혀 있었고 누구는 구단에 의해 강제로 은퇴를 당하기도 했어요. 대부분 그 끝이 비참했습니다."

"음……."

"야구에 대한 미련은 없습니다. 그동안 많은 사랑을 받았고 즐겁게 했습니다. 1년 더 뛴다면 좋겠죠. 돈도 많이 받을 테고요. 하지만 그로 인해서 후배들의 앞길을 막고 싶지는 않습니다."

"후우……."

"그리고 멋지게 떠나고 싶습니다."

더 이상 말릴 수 없었다.

저렇게까지 말하는 선수를 말린다는 건 지도자, 형, 선배로서도 모두 탈락이었다.

"알았다. 네 뜻이 그렇다면 단장님께 함께 가도록 하자."

"감사합니다."

당연히 단장실도 난리가 났다.

박현우의 은퇴 선언이 너무 갑작스러웠기 때문이다.

하지만 그의 고집을 꺾을 수 없었다.

결국 단장도 수락해야 했다.

위대한 선수 박현우는 그렇게 스스로 은퇴를 선택했다.

to be continued

반자개 장편 소설

WISHBOOKS MODERN FANTASY STORY

건축의 신

누구도 내딛어 보지 못한
그 한 걸음을 내딛는 자!

평범한 가구 회사에 다니던 성훈
그러던 어느 날,
사고로 인해 20년 전으로 돌아왔다!

다시 시작하는 삶.
절대로 헛되이 보내지 않겠다!

세계 최고의 건축가가 되기 위한
성훈의 활약이 펼쳐진다!